宫本辉
作品集

螢川

· 萤川

〔日〕宫本辉

著

袁美范 译

人民文学出版社
PEOPLE'S LITERATURE PUBLISHING HOUSE

著作权合同登记号　图字 01-2022-4133

宫本　辉
泥の河・萤川
──────────────

DORO NO KAWA，HOTARUGAWA
by MIYAMOTO Teru
Copyright © 1977，1977 MIYAMOTO Teru
All rights reserved.
Originally published in Japan.
Chinese (in simplified character only) translation rights arranged with
MIYAMOTO Teru，Japan through THE SAKAI AGENCY and BARDON-CHINESE
MEDIA AGENCY LIMITED.
Simplified Chinese edition copyright © 2023 by Shanghai 99 Readers' Culture Co.，Ltd.
All rights reserved.

图书在版编目(CIP)数据

泥河·萤川/(日)宫本辉著;袁美范译.—北京:
人民文学出版社,2023(2024.11 重印)
(宫本辉作品集)
ISBN 978-7-02-017659-5

Ⅰ.①泥…　Ⅱ.①宫…②袁…　Ⅲ.①中篇小说-小
说集-日本-现代　Ⅳ.①I313.45

中国版本图书馆 CIP 数据核字(2022)第 237066 号

责任编辑　朱卫净　周　展
装帧设计　李苗苗

出版发行　人民文学出版社
社　　址　北京市朝内大街 166 号
邮政编码　100705

印　　制　凸版艺彩(东莞)印刷有限公司
经　　销　全国新华书店等

字　　数　86 千字
开　　本　787 毫米×1092 毫米　1/32
印　　张　4.75
版　　次　2023 年 2 月北京第 1 版
印　　次　2024 年 11 月第 2 次印刷

书　　号　978-7-02-017659-5
定　　价　39.00 元

如有印装质量问题,请与本社图书销售中心调换。电话:010－65233595

宫 本 辉
作 品 集

目录

泥　河

堂岛川与土佐堀川汇流为一后，改称"安治川"，注入大阪湾。川与川衔接处建有三座桥，分别是昭和桥、端建藏桥与船津桥。

稻草、碎木块、腐烂的水果在土黄色的河水中载浮载沉，缓缓漂向下游，老旧的市营电车慢吞吞地驶过桥上。

安治川两岸尽是船公司的仓库，泊满了无数的货船，名虽为川，但实质上已隶属大海的水域。反观堂岛川与土佐堀川的景致，均是矮小的民房并排成区，向上游一点的淀屋桥、北滨一带大楼栉比的大街延伸过去。

岸边居民并不认为自己居住在大海附近。在河川与桥围绕之下，耳边时时传来市营电车、三轮汽车震耳的噪声，委实令人难以联想大海的风情。唯独满潮时，海水推涌着河水逆流，在河畔住家的正下方掀起波涛，再加上不时飘来海潮的气息，才使人们想起大海就在不远之处。

河上终日可见碰碰船①拖曳着大木船穿梭往来。这些碰碰船不过大如方舟，却取了"川神丸""雷王丸"这等夸张的名字，唯有以多重油漆涂饰脆薄的船体聊掩寒碜，这也巧妙地点明了船夫们过得何等拮据。下半身杵在狭窄船舱的船夫们，只要以异常坚决的眼神斜瞪桥上垂钓的人们，那些人便连忙收回钓线，将垂钓场所移往桥头边上。

　　夏天，几乎所有爱钓鱼的人都集中在昭和桥上。桥上拱形的大栏杆提供了最佳的乘凉场所。在艳阳高照、燠热难当的日子，钓鱼的人们、路过顺便观看钓鱼成果而迟迟不忍离去的人群，还有一些茫然注视着碰碰船在河上喘不过气般地吃力前进、划破笼罩水面上虚幻的金色炎阳景色的人们，都伫立在昭和桥一角荫凉的地方吵吵闹闹。由这座架在土佐堀川上的昭和桥望去，侧岸的端建藏桥边，有一家柳食堂。

　　"叔叔下个月要买货车了，这匹马送给小雄好吗？"

　　"真的吗？真的要给我？"

　　夏日的阳光从店门口照射进来，在这名男子的身后形成光圈。这名男子总在午后驾着马车驶过端建藏桥，而后在柳食堂打开他的便当，用完饭后再要一份刨冰来吃。在这段时间，马儿乖乖地待在店门口等待。

———————————

① 小型蒸汽船。

信雄走到正在烤金锷烧①的父亲身旁，高兴地说：

"叔叔说那匹马要给我呢！"

"我们家这父子俩可是不懂什么玩笑话的。"

母亲贞子一边在刨冰上倒糖汁，一边紧紧盯着。

马在此时难得地嘶叫起来。

昭和三十年的大阪街道上，汽车数量急速增加，但是依然可见这类仰赖马车为生的男子身影。

"狗啦、猫啦，房间里还有三只小鸟哩，爸爸要比小雄辛苦多了……到最后竟然要养马，这可真要好好考虑一下了。"

男子大笑起来。

"不懂玩笑的是妈妈。喏，小雄。"

男主人晋平说着，将一块金锷烧递到信雄的手上。信雄脸略朝下，翻眼瞟视父亲，似乎不满老是吃金锷烧。

"老是吃金锷烧，已经吃腻了，我不要了，我要吃冰！"

"不吃的话，连冰都不给你吃！"

信雄连忙大口吃起来，心中却暗暗叫着母亲常常说的话——夏天烤金锷烧能有什么生意！

"这儿可不是你的厕所啊！"

贞子皱着眉头，吆喝着跑了出去。那匹马按照往常的习惯，在店门口固定的地方屙下了一堆粪便。

---

① 一种以面粉包裹红豆馅、状似刀柄护手的点心。

5

"实在很不好意思……"男子似乎不知如何道歉，招招手叫信雄过来。

"分一半给你吃，去拿只汤匙吧！"

信雄和男子面对面坐着，合吃一盘满满的刨冰。信雄偷偷看着男子脸上被烧伤的疤痕。他的左耳残缺不全，宛如熔掉一般。信雄很想问叔叔的耳朵到底怎么了，但是三番两次地，每当要开口，身体就热得发烧。

"战争结束后，在大阪也待了十年了，到现在还是靠拉马车挣钱过日子！"

"你说要买货车是真的吗？"

晋平在男子身旁坐下来，开口问道。

"二手的啦，新车怎么也买不起哦！"

"就算是二手的，货车毕竟是货车，也辛苦那么久了，今后可以轻松啦！"

"辛苦的是那匹马。那家伙从不摆出不悦的神情，总是很认真地替我干活。"

晋平打开啤酒放在男子的面前。

"这算我请的，提前喝一杯，庆祝一下吧！"

男子谢了又谢，很高兴地喝起啤酒来。

"虽说以后开货车营生，但还是得常常光顾柳食堂呢！我在这儿开店，第一位顾客就是你呢！"

"是啊！那时候这一带到处都是大火烧过的废墟呢！"

草莓色的刨冰猛然间化成一股刺痛，直冲上脑门。信雄含着汤匙，不由自主地扭动着身躯。晋平边说不要吃这么急，边用手掌擦拭信雄的嘴角。

"那时候小雄还在肚子里。"

男子对清扫店门口的贞子说。

"真是认识好长一段时间了，跟你也是如此……"

贞子对马儿感慨地说着，将装着水的桶放在马的面前。马喝水的声音与远处碰碰船传来的声音，在午后溽热的店里混成一片。

男子开口说起死过一次的经验。

"我真的死过一次呢！我还记得清清楚楚的，那时候只知道身体一直朝黑暗的地方沉下去，突然看见好像蝴蝶的东西在眼前飞舞，我连忙用手去抓，就在抓的那一刹那醒来了。据说我确实有五分钟左右没有呼吸，也没有心跳……一直抱着我的那个长官是这么说的。什么人死了以后一切都结束了，那绝对是骗人的。"

"战争我是受够了！"

"说不定又有哪个傻瓜开始觉得无聊难耐呢！"

男子说还要到歌岛桥，便站了起来，脸上不知因何事而露出愉快的神情。

"今天货堆得很多，不知道爬不爬得上船津桥的斜坡？……"

天气实在太热了，市营电车的铁轨都扭曲变形了。

"小雄，今年几岁啦？"

凝神望着马儿温柔大眼的信雄挺起胸膛回答：

"八岁了，念二年级了。"

"哦？我的孩子才五岁呢！"

信雄靠着店门口的窗户，目送着男子跟马离去。

"叔叔——"

男子应声回头看。信雄脱口叫了一声，完全无任何意思，不由得觉得害羞，怯怯地对男子笑了笑。男子也笑起来，就这样拉着马的辔绳一步步向前走。躯体肥硕的粪蝇在阳光下发出晃眼的亮光，追随在后面。

马无法爬上船津桥的斜坡，试了几次，总差那么一点点。马跟男子都露出些许疲倦、焦急的模样，结果连车子、市营电车以及路上行人都停下来看着他们。

"哟！"

随着男子的吆喝声，马挤出全身的力气。黄褐色的躯体上隆起奇异的肌肉疙瘩，在艳阳下剧烈震动着，大量的汗水沿着腹部滴落到地面上。

"分两次过桥怎么样？"

应着晋平说话声回头的男子大幅摇手，接着绕到马车后面，用力推着车子，吆喝马儿一起爬上斜坡。

"哟！"

但是，马蹄在熔成泥状的沥青上打了个滑。信雄的头顶上扬起贞子的尖叫声。

男子被突然倒退的马车撞倒，垫在满载铁屑的马车底下，先是后轮压过腹部，接着是前轮弯过来压过胸部与头，再下来是拼命挣扎但不住下滑的马蹄将男子全身都踩碎了。

"小雄，不要过来！"

晋平拼命朝躺在血泊中的男子跑去，而后步履沉重地走回店里，打电话叫救护车。

"不会死吧？没事吧？"

贞子蹲在店门口，呜咽自语。晋平拿起卷好立在厨房一隅的席子，再度走出店门。

"信雄，进来啊！"

贞子叫着，但信雄一动也不动。

晋平将席子盖在男子身上。那是张傍晚乘凉用的织花席子。信雄蹲在大太阳底下，凝视着摊在灼热的沥青路上鲜艳醒目的菖蒲图案，以及下方蜿蜒流到船津桥边的鲜血。但不久之后，这些就为人群遮住了。

"真可怜，一定口渴了。小雄，拿水去给它喝吧！"

晋平用桶子汲水。信雄双手提着水桶，穿过马路，走近马的身旁。马嘴淌下的口涎如藕粉茶一般，连同剧烈的呼气，都喷到信雄的脸上。

马并不想喝水，只以充血的眼睛来回看着信雄与桶子里面的水，不久又将视线移向躺在织花席子下已死的主人，一直忍耐着灼热。

"它不喝水。"

信雄跑回父亲的身旁跟他说。晋平频频擦拭着额头的汗水。

"它认为是自己杀死的……"

"那匹马会死啊！爸爸，那匹马会死啊！"

信雄的身上突然全是鸡皮疙瘩，他趴在父亲的膝盖上哭泣着。

"没有办法……爸爸还有小雄根本帮不上忙。"

马不久就被解开，不知被带往何处；只剩那辆马车，自从惨剧发生后，过了无数天，仍搁置在桥头。

风吹雨打的马车旁，站着一个没撑伞的孩子。马车上盖着粗草席，粗草席下仍是原来负载的铁屑。

台风快要来了。

窗户全都钉上木板，民宅静静地蜷曲其内。稻草块、破碎的木箱残骸全随着细雨刮过路面。

信雄微微打开二楼的雨窗，凝望少年的背影。这还是他头一次这样子窥视着人。少年伫立在人车无踪的灰色道路旁，身影似乎就要被摇摆中的巨柳的绿意卷裹住。

信雄小心翼翼地走下楼梯，以免吵醒双亲，而后走出大门，慢慢走近少年。他全然不在意风吹雨打，不知因何缘故，就好像被什么吸引住似的。

直走至少年背后两三步处，信雄同样伫立了一会儿，才以自己也吓了一跳的高亢声音说：

"你要干什么？"

少年猛然回过头来，脸上尽是水滴，凝视着信雄，接着笑说：

"这些铁，可以卖个很好的价钱……"

一发觉少年想偷窃铁屑，信雄高声叫着：

"不行！这是那个人的东西，你不能偷！"

信雄认为这是那个死去男子的重要货品。

"我知道……我不是要偷……"

少年说着，再度谄媚笑起来。但信雄依然不能安心似的监视着少年。

远方响起货船的汽笛声，同时雨势突然变大了。倾盆大雨中，信雄悄悄瞟着少年的脸庞。他有一双可爱、令人产生好感的圆眼睛，厚厚的嘴唇半开着，可以看见里面白白的小牙齿。

"这些铁是那个马车叔叔的。"

"嗯！……"

信雄点点头，心想少年怎么会知道这件事。

"那位叔叔，前一阵子在这儿死去了。"

信雄向上翻了翻眼珠子，喃喃自语道。每当不知如何是好时，他总是以这个动作来衔接。

"那家伙，常到我家来呢！"

少年从嘴中吐出这些话，眼睛眨也不眨，一直注视着信雄的脸孔。两个人默默凝视彼此好一会儿。

"我家在那儿！"

突然，少年指向土佐堀川的方向，然而在朦胧的雨景远方，只隐隐约约看见桥上的栏杆竖立在风雨之中。

"在哪里？看不见啊！"

少年穿越过市营电车的铁轨，往端建藏桥上跑去，信雄也尾随在后。

"那儿呀！在那座桥下……喏，就是那艘船。"

仔细一看，凑桥下方的确系着一艘小舟，但在信雄眼中，却像是一团缠绕在桥桁上的秽物。

"就是那艘小舟。"

"你住在船上啊？……"

"是啊！本来住在上游，昨天才移到那里。"

少年双手托腮倚在栏杆上，信雄也学样站在旁边。信雄个子略高了一点。

"不冷吗？"

少年问道。

"嗯！不冷……"

两个人浑身都湿透了。风雨从侧面吹打过来，正想着雨势会变大时偏又转小了，一会儿之后又变大，就这样雨势时大时小，反复不停。

就在此时，一直茫然俯视着混浊的河水渐渐上涨至住家底下的少年，突然抓住信雄的肩膀大声叫起来。

"妖怪！"

"什么？什么妖怪？"

信雄循着少年的视线，往下探视微暗的水面。

"鲤鱼精啊！你看那儿，那里啊，有一条好大的鲤鱼在游泳！"

哗啦啦地下不停的雨落在泥巴颜色的河面，形成无数的波纹。深蓝的雨水不断绘出纹案，在其中形成旋涡，麇集而至的污秽物冲撞桥桁后，也随着水势不断旋转。信雄用手拭去雨滴，拼命地往河面上探看。

"哇——"

一看，不由得高声叫起来。淡墨色的大鲤鱼好像应雨浮上来一般，在水面上缓缓地画着圆圈。

"这么大的鲤鱼，我还是第一次看到呢！"

事实上，鲤鱼的长度大约有信雄的身高那么长，一片一片的鱼鳞边缘还镶滚着淡红的线，圆滚滚的躯体下方似乎还放射出某种妖异的光芒。

"连这一次，我已经看见三次了，在以前我住的地方看见过两次。"

少年说着便凑近信雄的耳边交代：

"不可以对别人说哦！"

"什么事？"

"看见这条鲤鱼的事啊！"

虽然不知道为什么不可以对他人说，信雄还是咬着嘴唇用力点点头。与这个来历不明的少年共同拥有一个秘密，令信雄兴奋得心扑通扑通地直跳。不久之后，鲤鱼一个翻身，潜进土佐堀川湍急的河水里。

信雄指着自己的家。

"那儿的面店就是我家。"

"哦！面店……"

少年似乎还想多说些什么，但是突然转过身，头也不回地跑过端建藏桥，身影从昭和桥上拱门状的栏杆中逐渐消失。突然，一块大木板像是接替少年似的，声势惊人地飞扑过来。眼见自己即将成为靶子，信雄拔腿逃回家去。

那天夜里，信雄发起高烧。

"那么大的雨，干什么跑到外头去呢！"

不论贞子怎么盘查询问，信雄就是闷不吭声。信雄倾身聆听外头狂风暴雨交奏的声响，觉得自己热乎乎的身体似乎被母亲的体味黏糊糊地包围住了。他闭上眼睛，仿佛看见少年骑着鲤鱼溯泥河而上。

"乖乖的，不要乱动，只要多流点汗，烧就会退了。"

父亲晋平笑着帮信雄盖好被子。跟父亲提起那条鲤鱼精应该没关系吧！

"那条鲤鱼好大好大哦……"

停电了，附近一带的电灯全都熄灭。亮起烛光之前的片刻间，信雄在一片被陡然拽入的漆黑中，突然想起死去的马车男子。他伸出手探摸父亲。晋平擦亮火柴，火光在黑暗中宛如蝴蝶般舞动。

"什么大鲤鱼啊？"

父亲的身影投射在天花板上摇晃不定。

"我……想钓大鲤鱼。"

"好吧！下一次爸爸一定钓到。"

"在哪儿呢？"

"中央市场啊！"

信雄与晋平倒在棉被上打滚，咯咯地笑起来。

过了一会儿，确定父母都睡着了，信雄悄悄爬起来，从临河楼梯一处忘了钉上木板的小玻璃窗往外看，搜寻着少年的家。

风雨中，对岸的人家，一整排照明的烛光时隐时现。就在凑桥附近，邻近河面之处，有一盏黄色的灯，像孤魂般无依无靠上下飘动着。

啊！那就是那个小孩的家吧。信雄这么想着。他脸紧紧贴着玻璃，着魔似的一直眺望。

曙光照得河上飘起湿气。天上飞驰着一片片的云朵。河畔处处响起锯子、铁锤的声响，其间可听见孩子们的欢笑声。

台风离去后的河川上，除了榻榻米、窗户木框之外，还漂流下来带框的油画、木制装饰品等意想不到的物品。附近的孩子们手持长木杆、网子聚集在河边，打捞一些比较值钱的东西，让太阳晒干。这也是台风过境后的乐趣之一。在这种日子里，鲫鱼、鲤鱼总是从早到晚成群浮在水面上，轻松地让疲惫的躯体恢复元气。

"可以起来了吗？"

信雄已经问过母亲好几次。

"胡说什么！今天一天给我乖乖地睡觉，谁叫你身体那么弱，动不动就发烧。"

外头孩子们的吵闹声愈来愈大，不知在喊些什么。往外一看，原来是丰田家那对双胞胎兄弟驾着小舟横行河上。念中学的他们拥有一艘小舟。有船就可以在桥下、河流分岔处自由自在地捕捉成群的河鱼。两兄弟似乎有意嘲弄那些艳羡不已的孩子，放学后必然驾舟泛河。

信雄他们尽管憎厌这对兄弟，脸上仍不忘摆出讨好的笑容。一来当然是希望能被邀请一起泛舟，再来也是想看丰田家内院的大鱼池。信雄好几次翻眼望向那两兄弟的脸孔，看着他们夸张地伸开双手比画：喏！这么大的鲤鱼，你们连看都没看过！

今天，那两兄弟又能从漂流物中捞取值钱的东西了。信雄目送他们的背影远去，心中却涨满一种因胜利而扬扬得意的情绪。就算那两兄弟再怎么神气，也绝对比不上那条鲤鱼精。他眯着眼睛窥视对岸。朝阳洒在河面上熠熠发光。他在一方黑影中看到了船屋。仓库、民居或电线杆的轮廓都安定分明，但影子仍搭着船摇晃不已。

贞子一眼就察觉到信雄的视线。

"搬来了一艘奇怪的船哟……"

晋平也在窗边坐下来，把钉上去的木板卸下来。

"是啊！还是艘优雅的游船呢！"

"电灯、自来水这些要怎么办呢？"

"这个嘛，要怎么办……"

近晌午时，店里渐渐忙碌起来，信雄瞒着双亲爬起床，悄悄从后门溜出去，往船屋走去。

竖立的招牌被吹得七零八落，耀眼的阳光黏糊糊地纠缠在脖子上，不啻宣告台风已经过境了。断落的电线垂落至昭和桥栏杆上，数名作业员正为修理架线忙得汗流浃背。

凑桥旁有一条小路蜿蜒而下，原本这里并没有这条小路的，一定是住在船上的少年一家人临时开出来的。与船屋相望的对岸上，市营电车与汽车的噪声、某种类似人声杂汇的声浪，以及远远传来的碰碰船响声，一直起起伏伏。停滞在这一带的大堆废弃物，随着潮水涨退湿了又干、干了又湿，在岸边的淤泥上逐渐腐烂。

信雄频频看向那艘船屋。看来好像是利用废船加以改造再安装上个屋顶似的。船上有两个入口，都架有长长的木板供人登船，似乎无人照料。不，不如说那船屋散发着一股远离人群的寂寥，连信雄这小孩都感觉得出来。他踌躇着是否该进去，一直伫立在桥旁。

一会儿之后，阳光洒落在屋顶的一隅，开始炙焙腐朽的木头。信雄将视线移向河面，突然觉得这条打自己出生以来一直自身旁流淌不息的土黄色的河水，为什么今天看起来特别的肮脏？转念之间，满是马粪的沥青路面、倾斜的三座灰色桥梁、河边住户黑兮兮的光泽，这一切污秽的情景全涌上心头。

信雄很想回家了。他凝视对岸自己家的屋顶，看见二楼的竹帘子微微摇动着。就在此时，不知谁从背后推拍他的肩膀。回头一看，少年拎着一个大水桶站在那儿。

"来玩吗？"

少年怀疑地瞅瞅信雄的脸庞。信雄避开少年的视线，眺望着远方点点头。不请自来一事令他自觉很难为情。因此，情急之下便编了个谎话：

"昨天那条鲤鱼又在那个地方浮起……"

"真的吗？"

不待话说完，少年拔腿就跑，信雄也跟在后面跑。跑着跑着，信雄自己都真的认为鲤鱼精又出现了。

他们从端建藏桥中央往下俯看。

"在哪儿？咦！根本没看见嘛！"

信雄指着河面。

"嗯！……早就潜进水里面了嘛！"

少年似乎颇为遗憾地叹了口气。

这时那对双胞胎兄弟正驾着小舟，在信雄家的下方一带来来去去。

"不会被那些家伙发现吧？"

"放心，绝对不会被发现的！"

"为什么你敢说绝对呢?"

被少年这么一问,信雄不禁觉得有几分狼狈。

"为什么……因为那条鲤鱼马上又钻进河里了呀!"

"怎么不早说呢,害我拼命地跑。"

少年两个脸颊在阳光下显得红通通的。看着那几分老成持重般的笑靥,信雄觉得自己的谎言似乎已被对方识穿。就在此时,信雄第一次发现少年穿了一双女生的红色帆布鞋,鞋尖还破了,露出了大脚趾。

"到我家去。来啊!"

一直凝视信雄脸孔的少年说罢,拉起他的手就跑。俩人又跑回凑桥。

走下小路要踏上踏板时,信雄一不小心陷入岸边的泥泞当中。

"哇啊! 连鞋子里都是泥了。"

拔出信雄一只在泥中淹没至膝盖的脚后,少年大声叫着:

"姐姐! 姐姐!"

一位比信雄大两三岁、肤色白皙的少女从船屋探出脸来,两手拨开前面的头发看着信雄,她的眼睛长得和少年十分相似。

"他是那家面店的孩子啦。"

少年指着对岸信雄的家告诉姐姐。

少女走出船屋,默默地将信雄带至船头,令其坐下将脚伸至河面，而后从船舱中用水勺舀水来。

"你叫什么名字？"

少女一边问，一边往信雄脚上泼水。

"嗯……板仓信雄。"

"几年级了？"

"二年级。"

"哦！那跟阿喜一样大嘛！"

阿喜就是那少年的小名。信雄不好意思地问姐弟俩的名字，心想这本是大人才做的事，被问得脸都红了。

"我叫松本喜一。"

姐姐叫银子。

"念哪一所学校？"

少年考虑了一会儿，眼睛看着姐姐回答："学校……我没上学。"

"哦……"

卖绿竹的两轮拖车行经凑桥。那对双胞胎兄弟还在捞取漂流物，随着小舟左右晃动，剃得青青的头皮远远地发出亮光。

少女很细心地清洗信雄的脚，水用完了便走入船内舀水来。少年在一旁汲取河水来清洗帆布鞋。信雄茫然远眺顺流漂来的西瓜皮，伸出腿任凭少女处理。虽然坐在大太阳下冒出不少汗，但身体里升起了阵阵寒意。信雄心想晚上大概又要发烧了。

少女一一掰开信雄的脚指头冲水，水花四散飞溅。舒服极了。但信雄又深感难为情，频频大幅度扭动身体。每当他忸怩不安时，少女总报以一笑。信雄斜睨少女的笑靥。

"喏！冲干净了。"

少女用粗布衣裳的下摆将信雄的脚擦干。

"信雄的睫毛好长啊……"

信雄涨红着脸，嗫嚅地说：

"叫我小雄吧。"

"小雄，进来吧！里头很凉快哟！"

少年将湿漉漉的帆布鞋放在船顶上，向信雄招呼着。

船里大概有四席半榻榻米那么大，摆着一个发黑的衣柜和小圆桌。置身其间，水上之家漂荡不定的感觉自脚底传来。船上有两个房间，以三夹板隔开。要到隔壁房间，必须走到船外，从另一个入口进去。

天花板上垂挂着一盏陈旧的煤油灯。信雄想起昨夜看见这盏黄色灯光的情景。

"打水了吗？"

隔壁房间传出一个女人的声音，似乎是两姐弟的母亲，声音又细又低。

"公园的自来水要到傍晚才会供水。"

少女答道。房间的入口摆着一个大水瓮。

"口渴得不得了。还有一点水吧？"

"嗯……"

少女将水瓮倾斜，用水勺舀水上来，但只舀了半杯左右。知道了少女用来为自己洗脚的水对全家是这么的珍贵，信雄不禁低下头，蜷起身子。

"是谁来了？"

"河对面那家面店的孩子。"

不知何故，少年回答的口吻含着怒气。

"不要随便带别人家的孩子来。"

"他是我的朋友啊！"

"哦！什么时候交的朋友？"

"昨天呢！"

"昨天？……"

母亲转而对信雄说话。

"小弟弟，河对面的面店是不是叫达磨屋啊？"

"不是的……是柳食堂。"

"跟我家的孩子往来，会被家人骂哦！"

信雄不知如何回答是好，顿觉坐立不安，默默地不出声。

母亲又开口说话。

"喜一，家里有黑砂糖吧？拿出来请人啊！"

少年从架子上搬下一个零食铺才有的大玻璃罐，倒出已经碎成渣的黑砂糖块，先拣出最大的，而后挑出三块形状十分相似的，递给信雄与姐姐。

从那之后不再有声音响起。微暗的船舱笼罩在莫名的寂静当中。三人默默地啃着黑砂糖。每当碰碰船通过后不久，水波便涌上来，使船屋大大摇晃一阵子。

回到家后，信雄的身体还在持续摇晃着。他拉起帘子，用手托着腮帮子倚在窗边凝视船屋。阿喜母亲房间那边正处在阳光下。河面上吹来和风，带着热气不断抚弄信雄的风铃。公园的自来水要到傍晚才会供水……少女说的话以及水勺刮过水瓮底发出的干涩声响，都还残留在信雄的耳际。

信雄站到楼梯一半处窥视店里的情形。没看到妈妈的人，大概出去了。晋平坐在店门口的长椅子上，看着将棋的书。信雄悄悄走近冰箱，偷偷拿出柠檬汽水，而后又朝船屋走去。

抱着冰冷的汽水瓶，信雄本想走凑桥旁的那条小路，突然之间，少女手指温柔的动作，甚至那沿着背脊爬升上来的酥痒触感，竟化为一股苦闷与寂寞，在信雄的脚底苏醒过来。

信雄又折回来时的路，一直走回到昭和桥心，将柠檬汽水丢至河中。他自己也不明白为什么这么做。

走走停停，停停走走，信雄花了很长的时间才走完昭和桥。

有一艘名叫"山下丸"的单座木舟，挂着一面织着黑色船名的红底旗帜，由一位年已过七十、沉默寡言的老人驾着，以采沙蚕维生。

老人将河底的泥块捞起来，放在滤器中，再用河水不断冲洗，不久便可滤得数只沙蚕。每当桥上并排垂钓的人们招招手，老人便以缓慢的动作摇橹，将小舟摇过去；钓鱼的人将若干零钱放在空罐、饵箱中，用绳子垂至老人的鼻尖处，老人便按金额多寡放进一定分量的沙蚕。

肥硕的红色沙蚕藏在污秽的泥底，对信雄来说并不是什么不可思议的事。信雄很久以前便常做一个噩梦，梦见自己的胸部被剖开，里头还有一层厚厚的泥膜，从中涌出无数的沙蚕。而在河里经常会漂来刚出生的婴儿，长长的脐带随着水流摇曳。一有这种事，信雄晚上必然会被无数沙蚕纠缠不休的噩梦魇住。信雄讨厌沙蚕以及从河底捞取沙蚕的老人。

那一天，和银子、喜一姐弟认识后过了三天，信雄一大早就醒了。

朝阳尚不见芳踪，但河面上早已铺满辉煌的鹅黄色光芒。

信雄百无聊赖地俯瞰土佐堀川。老人驾着山下丸号如常在河中央捞取沙蚕，看来大概打算趁着清晨的凉快，将工作做完吧！

老人用惯常的手法捕沙蚕，信雄眺望了好一会儿。朝霞满天，船屋静静僻居暗处。信雄回头看看此刻正睡回笼觉的晋平，当他再度茫然远眺河面，突然发现老人不见了。

只有那艘山下丸号微微摇晃浮动，带起一圈圈水纹，渐行渐大，荡向岸边。

信雄用手托着腮帮子，思考着事情原委，而后才想起事情不妙了。

"爸爸！爸爸！"

信雄把晋平摇醒。

"山下丸号的老爷爷不见了！"

"哦？"

晋平睁开一只眼，不高兴地瞅了河面一眼。

"什么？你说什么不见了？"

"老爷爷好像不见了！"

一确认小舟上没有人，晋平立刻跳起来。

"不见了……会不会是掉下去了？不得了了！老爷爷掉到河里了！"

晋平报案后，来了好几辆警车，不久便在河上大举打捞尸体，但始终没有找到老人。

由于没有其他人看见老人最后的踪影，到傍晚时，信雄与父亲都被传唤至警察局。

"好吧！你静下来一定可以想起来。老爷爷的确是驾船去捞沙蚕吗？"

警察问话时将金平糖塞进信雄口中。

"嗯……"

每回答一个问题，警察便将一颗金平糖塞入信雄口中。

信雄拼命回答，连第一班电车通过、太阳还没升起、想上厕所的琐事都说出来了。

"好了，好了。现在开始是重要的事情啦。老爷爷是掉下去？还是自己跳下去？"

"不知道……"

警察立即露出不悦的神情，用铅笔尖敲着桌子。

"你不会不知道的。不知道就麻烦了。好好想一想吧。"

觉得麻烦的反而是信雄，他翻了翻眼珠盯着警察，嘟囔说：

"我没看见，不知道。"

"你说没看见……可你又看见老爷爷去捞沙蚕，最后你又说老爷爷不见了，还把你爸爸叫起来，为什么偏偏没看见老爷爷掉下去呢？"

"为什么没看见，可能是他在那个时候正看着其他地方啊！"

晋平在旁边听得一肚子火，不由得插嘴道。

"我是在和你儿子说话！……那个老爷爷住在哪儿都还不知道呢！说不定是艘空船顺流漂下而已。"

"这种事不是由警察调查就可以了？小孩子不是说他没看见吗？应该可以了吧！"

听着父亲与警察你来我往争执不下，信雄突然说：

"那个老爷爷或许被吃掉了！"

"你说什么？"

"或许被鲤鱼精吃掉了！"

警察一听信雄这么说便死了心，将父子俩都释放了。

与父亲手牵手回家的路上，信雄仍不断重复同样一句话。

"老爷爷被鲤鱼吃掉了，真的，我亲眼看到了！"

"是啊，是啊！他捞了太多的沙蚕，最后连自己也变成了鱼饵啦！"

当天晚上，妈妈贞子抱着信雄一起睡。对于口中念念不忘大鲤鱼的儿子，她备觉怜惜。

老人的尸体最后还是没有找着。

"真是静不下心来的孩子。吃饭时就好好吃饭，不要东张西望！"

看着信雄频频凝望对岸，贞子突然敲了一下信雄的手。

夕阳像一个锈红的火球逐渐变黑，向河面缓缓沉坠。河畔处处飘送出晚饭的香味，姐弟俩这时也离开船出来玩。信雄从家中偷看对岸的光景。喜一与银子蹲在暮色沉沉的路旁似乎在玩某种游戏，不久之后，两个人的身影便被夜色淹没，依稀仍可看见身影时隐时现。夜深了，他们母亲房间的灯火也时明时灭，投射出一股比涟漪之绿更虚幻无常的气氛。船屋与姐弟俩遥远的身影恰与自己家中灯火辉煌的景象成对比，衍生出离奇不可思议的力量，深深魅惑了信雄的心。

"下一次可以带阿喜来家里玩吗？"

"阿喜是谁？"

"就是那艘船上的孩子。"

"哦！你和那家的孩子已经成为朋友了？"

"嗯。阿喜的妈妈还请我吃黑砂糖呢！"

天色渐暗，贞子点起房间里的灯。

"哈！难怪这一阵子你老注意河对面。"

"还有个叫银子的姐姐。"

信雄说出陷入泥泞一事，以及后来银子为自己洗脚的经过。

"他们家是做什么买卖的？"

信雄沉默了。经这一问，他才认真思索起那一家人到底是以何营生。

"我不知道……要是阿喜来的话，要请他吃刨冰哦！"

"好好好！既然是小雄的朋友，当然要好好招待啦！"

贞子匆忙下楼，要到店里接替晋平看店。晚上店里几乎没什么客人，不过习惯上还是到八点才打烊。此刻，想早点喝几杯的晋平正在楼下催贞子下来。

"小雄，功课都做完了吗？"

晋平边问边爬上楼来，用两只手挟着信雄的脸孔。

"做了一半。"

"剩下的一半要爸爸做吗？"

"老师说功课一定要自己亲自做！"

晋平一边笑着，一边将酒瓶里的酒倒在杯子里，一口气喝干。

"那个女老师真的这么严格？"

"嗯！她还说欺骗她的话，她马上就会发觉。"

"暑假本来就是要让人好好玩一下的嘛。不能好好玩耍的话就不能成为平凡的人。我并不希望我家唯一的孩子成为多么了不起的人……你就跟老师说爸爸这么拜托她。"

信雄又把姐弟俩的事说一遍给父亲听。

"听说他们的父亲是在战争中受伤死去的。"

信雄颇为意外，父亲竟然知道船屋一家的事。

"河上那些家伙说的，我是不经意听到的。听说是什么骨髓炎，一种骨头会逐渐腐烂的病……战争，还没有结束呢，小雄。"

每当晋平喝醉时，他就脱光上身的衣服，露出在战争时留下的弹痕。一道很长的伤痕，从背部贯穿至肋骨下方的枪伤。

"晚上不可以去那艘船上。"

"为什么？……"

晋平默默地摇摇酒瓶，催促信雄去烫酒。照晋平的说法，信雄是烫酒的天才。仿佛刚刚暖起来，却又会觉得有点烫，晋平总是赞赏这才是最适宜的热度。

"做这些奇怪的事，你倒是挺拿手的。"

"为什么晚上不可以去阿喜的家？"

晋平不直接回答这件事，倒在思考着别的事情，撑着下巴才又开口：

"小雄想不想在大雪纷飞的地方居住？"

"大雪纷飞的地方是哪里？"

"新潟。"

对信雄来说，新潟这个地方到底在哪里，完全没有概念。

"爸爸想再尝试其他的事……更有干劲的事哦！"

"……"

"我也曾经死过一次。那个马车叔叔死的那一天，真的就在那一天，我的身体宛如被绞干了一般。我曾经死过一次——那家伙老是这么说才会死的。那家伙跟我都曾经有过好几遍好几遍快要死的感受。说起来很奇怪，可是真的有这种感受。亲眼看着人死去，那并不是第一次，在这之前，早就不知多少人倒在我的身旁死去……但是，我还是在那一天才初次体会到那种死过的感觉。"

信雄手肘撑在饭桌上呆呆地凝视父亲。

"真的！那个时候差一点就死掉，要是死了，现在就没有一个家伙在讲以前如何如何的了。部队里只有两个人幸存下来。当我踏上日本土地时，不禁高呼我真幸福！尽管我对任何事都厌烦了，光是还活着这件事，就令我觉得无比幸福。但是人心总是不知足，几年后，当我一看到你妈妈的脸庞，便拧着自己的腮帮子自问，还有什么样的美女能够当我的老婆？"

此时的晋平和往日完全不同。楼下还频频传来贞子招呼客人"欢迎光临"的声音。信雄探出身子，往父亲的酒杯里斟酒。

"每当在夕阳下烤着金锷烧时啊，便不由得想起大战时的夏天。在那场战争中，我为什么没有死呢？……为什么还活着呢？……有时候我常会突然这么想……当时还有一个没死的同伴，一个叫村冈的家伙。他老家在和歌山，有两个小孩了。枪林弹雨中他连一点擦伤都没有，却在复员后三个月左右，坠崖而死。不过就从五尺高的地方掉下去，竟也走得很干脆。历经无数次九死一生的遭遇，好容易求得一线生机，终于回到魂萦梦牵的祖国，不料却以事与愿违的方式结束一生……"

在一起玩耍的同伴当中，有不少人的父亲常当着信雄他们的面，谈论战争时如何英勇杀敌的事迹。那就像看电影般又华丽又壮观。但从晋平口中说出来的，全无机关枪扫射、战斗机轰炸令人震耳欲聋的声响。

"大战结束后大约两年左右，我在天王寺的夜市里，遇见一名曾经是神风特攻队的青年，拿着一把日本刀到处乱砍——你这个坏家伙！日本战败了！战败了！你们这些坏家伙还为战败而悔恨不已！什么神风特攻队，完全是骗人的，神风特攻队出来呀，到大家的面前来呀——那小子一边哭着，一边喊着一些听不懂的话。傻瓜，对那些只凭着一张明信片就和妻儿硬生生分离、赶往部队报到的家伙，这不是胜利或失败，这只是生或死的问题啊！他一说到这儿，我突然想起村冈的事，当时泪水一发不可收拾……"

晋平招招手要信雄坐到膝盖上来。

"小雄，一定要拼命活下去，就算是死，也要死得如自己所愿……前一阵子死去的马车叔叔，那家伙也是在缅甸战争中少数幸存者之一。"

此时市营电车恰巧通过。振动的余波传至信雄的体内，信雄正跷坐在父亲的膝盖上，随着振动的余波渐渐消散，心中又重新想起船屋虚幻无常的摇晃。

"新潟那边啊……有人邀请爸爸一起去新潟做生意呢！爸爸呢，很想要全力以赴。"

虽然已有酒味，但信雄知道晋平并没有醉。他从坐惯的膝盖可以知道，要是父亲喝醉了，膝盖总是瘫软无力的。

"到新潟……什么时候去呢？"

"还没有去的理由呢！你妈妈大概不愿去。"

"我想去新潟……我想在大雪纷飞的地方生活。"

信雄边说着违心之论，边用头去顶晋平的胸膛。新潟也罢，堆积盈天的大雪也罢，正因为那是种未可知的存在，在信雄的心中激起异常寂寥的回响。

覆盖着马车男子尸体的那条织花席子上色泽鲜艳的紫色菖蒲、突然失踪的山下丸老爷爷，还有父亲交代晚上不要去船屋……这一切就像纠结不清的线头，盘绕在信雄原本思绪单纯的心上。

第二天，喜一与银子应信雄之邀来玩。

妈妈果真遵照与自己的约定，盛情款待姐弟俩，这使得信雄非常高兴。以往每当信雄的新朋友到家里来玩时，贞子常常追根究底盘问对方的家庭、从事何种职业等等，但这次一反常态，什么都没问。

信雄暗自思忖，平日总将想再生一个女儿挂在嘴边的妈妈，一定很喜欢沉默又有礼貌的银子。从妈妈用梳子帮银子梳理头发的神态上，似乎有什么特殊的意义。

"平常都是银子在煮饭、打扫啊！才小学四年级，真难得。我要把这事说给友子和阿薰她们听。"

贞子一边赞美银子，一边还举出信雄的表姐妹们做比较。

"我啊，我会唱很多歌哟！"

喜一郑重其事地说。

"哦，真了不起。唱一首给伯母听吧！"

喜一挺直身子一动也不动，眼睛瞪着天花板开始唱起歌来。

远离祖国数百里

红红夕阳

映照战场

朋友站在原野尽头的大石下

晋平本在收拾桌椅，听到喜一的歌声便将手边的工作打住，停下来专心聆听。信雄发现父亲晋平最近头发似乎稀疏了些。在他的头部上方，捕蝇纸被电风扇吹得飘摇不定。先前那种欢乐的情绪不知不觉消失了，取而代之的是一种类似在亲戚家过夜、非常不安又想家的情怀。

"这首歌，你整首都会吗？"

"嗯！全部都会唱。"

"太了不起了……这样吧，从头唱一遍给我听。"

喜一竭力唱出这首又长又哀伤的歌。老气横秋、抑扬顿挫的唱腔更加深了这首歌本身所蕴含的寂寞。信雄回头看着银子，对方的视线正茫然追随着电风扇缓缓左右移动，在晕黄灯光的烘托下，本无光泽的头发显得分外漆黑，细瘦的小腿上还有被虫咬肿的痕迹。

> 一天的战斗结束了
> 在黑暗中搜寻的心
> 暗暗祈祷，请活下去
> 请活在人世

"太棒了！真是唱得太棒了……"

在晋平赞美声中，喜一小脸涨得通红，又害羞又高兴地低下头。这个动作着实惹人怜爱，因此，之后晋平与贞子动不动就为一些琐碎的小事大大夸奖一番喜一，而喜一也一贯涨红着脸，难为情地扭动身子，报以无言的笑靥。

"我说爸爸啊，前一阵子买给阿薰的洋装不是太小了？一直摆在衣橱里，不如就给银子吧！"

贞子拉着银子的手，很高兴地上楼去。

"那首歌在哪儿学的？"

"附近一位伤兵叔叔教的。"

"之前在中之岛公园时吗？"

"嗯，是啊！但是流经那边的河也算在公园内，他们说我们不可以住在那里。"

晋平用湿毛巾帮喜一擦拭脸上的脏东西。

"听说你父亲是个很能干的船夫。"

喜一默不答话，似乎对父亲全无印象。

这时，店里来了三四位客人，都是在碰碰船上工作、靠河营生的男子，这些经常光临的熟面孔一走进来，店里立即弥漫起浓厚的汗臭味。

"对不起，我正想打烊了。"

尽管晋平出言婉拒，但男人们还是边笑边合掌说：

"不要这么残忍嘛！"

"待会儿还有一件活儿要干……还要溯河到樱之宫一趟呢！随便来点什么吃得饱的就行了！"

信雄与喜一挪身至店的角落处，摊开漫画书来看。客人中一名男子对信雄笑了笑。

"小雄啊，这一次可惹出大麻烦了。"

信雄被警察局传讯一事，早已在这一群河上讨生计的男人之间传开来。

"这条河上发生什么事，的确该问小雄。他每天可是都坐在'窗边'看着这条河的！"

"但是，那老爷爷到底去哪里了呢？我看八成是被冲向海湾，在某处沉入泥底了。"

"听说海湾下方堆积着厚厚一层的泥土，有五六米厚呢……"

大伙儿好一阵子七嘴八舌地谈论着那位行踪不明的老人，但突然有人看到喜一便插嘴说：

"啊！这小子不是那游船上的孩子吗？"

男人们一齐注视着喜一。喜一佯装不知，视线仍盯在漫画书上。

"你说的游船就是那艘破船吗？"

"是啊！名字倒取得好听，是小西女士取的呢。那位女士啊，可真迷人呢！"

晋平从厨房后方扬声打断男人们的谈话：

"在小孩子面前不要说这些话。"

"有什么不能说的，这个孩子还常常代母亲招揽客人呢！"

此言一出，惹得大伙儿哄堂大笑起来。看到喜一气得满脸通红，信雄以一种看着某种可怕的东西的心思继续望着他。

"以野妓来说，她的确挺不错的。"

"哪里不错？长得不错，还是那个地方不错？"

"呸！不要问那么清楚！"

男人们再度大声笑起来。信雄深深憎恨起那些人。尽管他并不十分明白个中含意，却认为这是对喜一一家人无比的蔑视。尽管信雄连野妓的意思都不知道，但姐弟俩的母亲当时从三夹板那头传过来微弱的声音，与这些话隐含的意思是有某种关联的。

喜一动也不动地看着他的漫画书，但圆圆的瞳孔定定地停在一点。绷紧的神经使他的肩头都耸起来，这个发怒的姿势谁看了都明白。

"阿安，不要随便乱说！"

由于晋平的口吻激烈一反常态，男人们不久便转换了话题。

男人们离开后，信雄赖皮地缠着父亲要他表演戏法，想挥去蕴藏在喜一瞳孔中的微光，那层薄霞般的膜。

"好，今天就来个特别的招待项目吧！"

晋平拿着一个鸡蛋从厨房走出来。"消失的鸡蛋"是晋平拿手的戏法。用右手手掌握着鸡蛋，随着一声吆喝，左手在右手前一闪而过，明明握在右手手掌里的鸡蛋忽然消失了。尽管这个戏法看过无数次了，但对信雄而言，仍是百看不厌的、世上最神奇的戏法。

"咦?"

果不其然,喜一睁大眼睛看着,使得信雄乐不可支。

晋平又重复一遍相同的动作,这一次,凭空消失的鸡蛋又好端端地出现在右手手掌上。

"啊……"

喜一茫然自语,整个心都被晋平手上的动作给迷住了。

贞子与银子走下楼来,银子穿着簇新的花衣裳,头上甚至还簪着红色的发饰。

"爸爸又在表演拿手的好戏啦。也就只会这么一项,爸爸的本事不过这样。"

贞子调侃晋平。

"傻瓜!在变戏法中,这种是最难的,这个会了,就能做一流的魔术师。你从背后看破了其中的奥妙,这是不行的哟!"

从背后看就能看穿戏法的玄虚!信雄暗自思忖,但他又觉得还是不知道比较有趣。

"瞧!你伯母把你打扮成一个漂亮的洋娃娃了。"

晋平笑呵呵地摸摸银子的发饰。

"那是因为她皮肤白,人又长得美,这一点可跟阿喜大不相同呢。"

大家听了都笑起来,唯独银子仍保持一贯的表情。她将身上的衣物匆匆褪下,折叠得整整齐齐递返给贞子。捕蝇纸的影子摇落在银子仅着一件内衣的瘦弱的身体上。

"怎么啦？伯母要将这衣服送给银子啊！"

银子默不搭腔，将视线自衣服上移开，身子僵硬地伫在当地。贞子见状也不再勉强。

"那么，就收下这枚发饰吧！可以吗？"

但是银子连发饰也无意接受。

凉爽的河风从后窗徐徐吹来，风中还带着淡淡的蚊香味，这种味道更加深了夜深人静时河畔渐次沉落的静谧。

"我们回去了……已经很晚了。"

喜一边说边偷觑着晋平与贞子的脸庞。

信雄一家人送姐弟俩至端建藏桥边。

"银子这孩子，真是什么话也不多说……"

贞子猛然叹了口气，喃喃自语。这时，安治川一端射进一道扇形的光束。大概是方才那些男人吧。只见数艘碰碰船划破河畔的宁静溯河而上。信雄、晋平、贞子三人不约而同地注视着船屋那盏灯光，宛如悄然栖息在黑暗处般，散发出模糊的轮廓。碰碰船上的探照灯投射在川面上的光线瞬间将船屋照得通明，但又倏然远去。

这一天似乎又要下雨了。

信雄用一条腿跳着走，跳过端建藏桥，很自然地迈步走向船屋。

每当信雄发现钓鱼者丢弃的赛璐珞制的小浮标，便将其收集在口袋里，这是信雄特殊的癖好。凡是掉落在路旁会发光的东西或是突然引起他兴致的物品，信雄一律塞在口袋里，之后随即忘记自己曾经捡起过什么东西。玻璃珠、金属片中偶尔还夹杂着蝼蛄的死骸，甚至会飞出还在动的蜥蜴尾巴，常吓得贞子晕过去。

信雄双脚一起跳上渡板，从窄小的窗口往内看，姐弟俩并不在船内。

"小喜……"

信雄小声叫着。三夹板那一端立即响起喜一母亲的声音。

"他们去提水了。"

"哦！……"

信雄顿时不知所措，愣在窗口边。

"小雄，绕过来这一边。"

喜一的母亲呼唤他。信雄平常总是隔着三夹板和她说话，从不曾看过本人。正当信雄踌躇时，喜一的母亲又呼唤他。

"怎么啦？客气什么呢？"

信雄走下渡板，选择岸边泥土干涸处落脚绕至船尾，看到一扇只够信雄勉勉强强钻进去的小吊门。他把门推开。

吊门一开就算是房间。

"把鞋子摆在门外吧！"

信雄看见喜一母亲正坐在入口处，乌亮的头发梳得整整齐齐，挽了个垂髻在脑后，年纪比贞子年轻得多，倚在叠好的棉被堆上凝望着信雄。

"这还是第一次看到小雄的脸呢！"

喜一母亲开口道。信雄点点头，恍恍惚惚地环视房间内部的摆设。房间除了棉被与廉价的梳妆台外别无他物，弥漫着一股信雄从未闻过的香味，甜腻又潮湿，总而言之，令人觉得很不舒服。

"坐过来吧！靠过来一点。"

信雄依言移至临河的窗边，但坐在她身旁令信雄顿觉手足无措。她那双和喜一完全不同的细长、单眼皮眼睛注视着信雄，微微笑着，说：

"我那两个孩子平日多蒙关照……代我向你爸妈问好。"

"伯母也到我家来玩嘛。"

信雄话一说出口，心也激烈跳动起来。

"谢谢……"她喃喃自语着，而后又暧昧地发笑。

"真是个聪明伶俐的孩子……在那里开面店已经很久了吧？"

"嗯。"

"伯母也曾想拥有一间和你家一样的店呢……那样不知不觉，像钟摆一样工作！"

"哦……"

"时间过得真快啊……那个还抱在怀里吃奶的孩子，现在也长得这么大了！"

汗水顺着喜一母亲披散的鬓发，从太阳穴滴落下来，信雄深深地为此光景着迷。苍白、未上妆的脸庞在信雄眼里看来美极了。

纤细的颈子、白蜡般的胸脯微微沁出汗珠。而外面天气相当凉爽，河风徐徐不断吹来，铅灰多云的天空变化频频，映得河面也呈现茶褐色。

房间内总觉得弥漫着一种不可思议的香味，一股细密的汗水与她体内悄然释放出的倦意混合而成的、娇媚女性特有的气息。信雄自己没想太多，但这股气息中潜藏的某种痛楚却弄得他喘不过气。刹那之间，信雄再也静不下心来。同时，心中又升起一种渴望，希望就这样一直坐在这位母亲的身旁。

突然，小吊门被人大力推开。一名晒得黝黑的中年男子探进头来，独自露齿笑着。

"可以吗？……"

她站起身来，以手背拭去脖子上的汗水，而后默默坐在梳妆台前。

"哦，有客人啊。"

男子进来后，看着信雄说。他捏捏信雄的脸颊，再度笑起来。又想伸出手来摸摸信雄的头，但信雄一下子就钻过男子身旁跑到外面，连鞋子都没穿，两手拎着帆布鞋，踩着烂泥巴，跑上小径。

信雄坐在码头的栏杆上，等着姐弟俩回来，时而回头看看背后摇晃不已的船屋业已腐朽的外壳。就算再久，他也会继续等下去。

等到信雄一看见身旁放着一只装满水的水桶、在电车站歇息的喜一，立即一溜烟地跑过去。

"银子呢？"

"去买米了。"

"到我家来玩吧！"

"要请我吃刨冰吗？"

"这个嘛……我拜托爸爸看看！"

两个人一起提着水桶回到船舱内，喜一偷觑三夹板那方一眼，感觉到除了母亲之外还有其他人，连忙揭开水瓮的盖子，故意发出很大的响声，把水倒了进去。喜一那种不想让自己知道的样子，信雄幼小的心灵也体会到了。

过昭和桥时，喜一发现一只满身泥巴而挣扎不已的雏鸽。常有野鸽子飞来拱门上做巢，这只幼雏一定是从巢中掉下来，重重跌落在桥上的。它气息奄奄，快要死了。两个人心想，若能将它送回母鸟身边，一定能恢复元气。抬头一看，母鸟正站在拱门的上方。

"再不快点，它会死掉的。"

喜一说。可是拱门那么高，两个人都没勇气爬上拱门。

就在这个时候，只见丰田家那两兄弟骑着脚踏车，从河下游那一方而来。信雄用身体挡盖着雏鸟，但两兄弟还是一眼就看见了，于是走近来讨，他们说以前养的鸽子逃走了，在这儿做巢，既然这鸽子生了小鸟，这小鸟就是他们的。

喜一抱着小鸟想要逃走，但立即被抓住。两兄弟一边用拳头打着喜一的头，一边还说：

"你妈妈是个野妓！像你们这样的人在这一带出现，真是叫人倒大霉。"

喜一气得眯起眼睛。

"什么东西，还长得一个样！是你们才更叫人倒大霉！"

两兄弟一听，脸色涨得红黑，二话不说，对喜一饱以老拳。喜一被击倒在地，仍紧紧抱着雏鸟不放。兄弟其中一人将喜一扯起。

"你们滚开这儿……肮脏下流的东西。"

詈声臭骂后又是一脚，踢在喜一的肚子上。比力量，喜一到底不是两兄弟的对手。

喜一向后倒退了两三步，淌着鼻血的脸皱成一团，突然将手伸至两兄弟面前，而后用力一捏手掌中的雏鸟，雏鸟微弱地哀叫一声就死掉了。

"这家伙……"

一时之间两兄弟不知所措地呆立在原地，喜一瞄准他们的光头，将雏鸟丢过去。雏鸟的尸体打中哥哥的头，只听他发出一声惨叫，往下游一带逃去，而弟弟则稍迟往相反方向跑走。

信雄捡起雏鸟的尸体，用手掌覆盖着，凭着栏杆想把尸体抛至河里。在这河畔住家皆为黑暗吞噬的时刻，看不到喜一母亲房间的船屋由层层泡沫环绕着，被推向河川的角落处。这光景迫使信雄不由得想起她那默然坐在梳妆台前的瘦弱身躯，以及那不可思议的香味。

信雄哭了起来。他直看着喜一流满鲜血的脸庞，哭个不停。

"不要哭了。小雄，不要哭了，这次是我自找的，不要再哭了。"

被打的、被踢的都是喜一。信雄自己也不明白为什么要哭。不是因为喜一被欺负和轻视而悲哀，也不是为了喜一弄死雏鸟而悲哀，而是一种原因不明而且无处安身般的深深悲哀在体内流窜。

信雄将雏鸟的尸体放进口袋里，独自一人回家去，而喜一的视线如芒刺在背。

那一天晚上，信雄换上睡衣凭着窗边，正打算开始看漫画书时，突然听见楼下贞子惨叫一声。

"怎么了？"

"没什么，什么都没……"

贞子跑上楼梯，猛然将雏鸟的尸体递至信雄的鼻前。

"这孩子！把这种触霉头的东西放在口袋里……妈妈的心脏差一点就吓停了！"

连晋平也皱眉看着那一块开始散发出恶臭的黄色肉块。

"这是什么？"

"小鸽子。"

信雄小声地回答。

"小鸽子? ……"

贞子嫌恶地用指尖拎住雏鸟的尸体，从窗口扔到河里。

"下一次再做这种事，就不饶你了！看你爸爸不臭骂你一顿！"

"像个乞丐般，不论什么东西都放在口袋里带回来……"

贞子嘟囔着又下楼到店里去了。

"你为什么把雏鸟放到口袋里去，它会死的啊！你已经八岁了，应该知道啊！"

"我没有把活着的雏鸟放到口袋里，因为它已经死了，才把它放到口袋里。"

晋平频频看着儿子的脸孔。

"哦！……放在口袋里啊！"

信雄心中想的却是阿喜，不知道他怎么样了。不管喜一的眼睛是天真地圆睁，或者是眯成一条细缝，变换之间，信雄都会看到一团冷焰在瞬间燃起。信雄捏捏不自在的脸，便探访船屋去了。

喜一的眼睛，沉默寡言的银子白皙的侧脸，还有暖暖笼罩在信雄心头、发自他们母亲身上的香味，都还在那盏黄色的灯光下，而船屋就在黑漆漆的河岸边，被波浪啪嗒啪嗒地拍击着。

天神祭开始了。

信雄躺在船屋的船舱内，观看祭祀的船只顺着土佐堀川而下。

信雄几乎每一天都到船屋报到，他并不是为了来和喜一、银子玩，而是为了能待在那苍白瘦弱、易流汗的母亲的身旁。除了没去想那股以无形力量诱惑着自己的奇妙香味究竟是什么，就连自己心境的转变，信雄也未觉察到。但是姐弟俩的母亲自从上一次之后，便再也不曾呼唤过信雄。

男人们穿着单衣，敞开胸口，坐在木船上，不时与同船游河的风尘女郎调笑，只见数艘木船在河里来来往往。

町内派出的花车，沿着河道顺着船只的方向移动，一路伴着吹吹打打的笛鼓。

"哟——嘿！"

船上与河畔的住家不时传来吆喝声，与花车的笛鼓声相互呼应。女人们的娇声，还有男人们喝醉后卑猥的叫喊，响遍了整个河面。在盛夏的天空下，船只一艘接一艘地顺流而下。

俯卧在船屋微暗的房间内，远眺着外头耀眼的光景，花车也好，船只也好，令人觉得就好像是一个遥远的梦那般灿烂。

"我真希望和小雄一样，住在普通的房子里。"

喜一突然从船边探出脸来，只有头部以上处在光亮里，面貌看起来显得分外奇异。

喜一一家人搬过来还不到一个月，便被政府勒令迁走。信雄并不知道，喜一一家人不能在一个地方停留上两个月，已经在这条河上流浪好几年了。

喜一从刚才开始就一直在玩玻璃球，似乎是想模仿晋平的把戏。玻璃球从喜一的手掌掉落，沉入河里。

"小雄，你爸爸叫你回家啦！"

银子在船屋入口处呼唤着信雄。

贞子非常疼爱银子。向来沉默寡言的银子，这些日子相处下来，凡事都会告诉贞子。这一天只有银子一人独自到信雄家玩。平日就算不特意吩咐，银子也会主动帮忙打扫、整理店面，连洗东西这些小事也抢着做。常常夜深人静了，银子还不想回家，这时，贞子就会送银子至凑桥。

"你妈妈咳得好厉害，医生都来了呢。"

贞子有气喘的毛病。不过以前都是在季节变换时才会发作卧床。像这一次在盛夏发作还是第一次。

"什么事情？"

母亲的声音从隔壁房间响起，信雄吃惊地竖起了耳朵聆听。

"小雄的妈妈咳得很厉害，气都喘不过来。"

"这可不得了，小雄，早一点回去吧！"

"嗯！……"

"从以前就这么糟吗？"

"我妈妈本来就有气喘的老毛病。"

"那种毛病真是折磨人！"

信雄走出船屋，迈步欲走，突然又停下来大声叫着。

"伯母。"

信雄并没有什么特别的话要说。

"什么事？"

信雄只是下意识叫这么一声，完全没有想到下一句话。他突然想起当初也是这样叫住马车叔叔的。

"再见。"

母亲也小声地回答：

"再见……"

喜一送信雄至桥边，频频说：

"一起去天神神社那边啊！一起去天神神社那边啊！"

天神神社附近来了很多摊贩，晋平曾答应哪一天晚上要带信雄他们去看热闹。

回到家后，只见贞子躺在棉被里小声地咳嗽着。病情似乎暂时控制住了。

"这一次发作得很厉害。"

经常来问诊的医生第一次提出，可以去别的地方养病。

"这里的空气越来越差，对你的身体越来越不适合了。"

"可是光靠孩子的爸一个人无法照顾这个店……而且，孩子又这么小。"

"这种病，跟空气好不好关系很大。我的意见是暂时换个地方疗养看看，你不妨和先生商量一下。"

每逢节庆祭日，也是店里生意最忙的时候。身穿法被①的年轻人，也不进店里来坐，就站在门口直接喝起柠檬汽水来。

"对了，您吃点冷饮再走吧！"

医生本来要走了，又被晋平唤住。医生也再次对晋平嘱咐一番。

"每年发作的次数越来越多，照这样下去会越来越严重。虽然还有药物可以把病情控制下来，但是，长期下来身子会越来越弱，搬去空气新鲜的地方居住才是最好的治疗。"

晋平尽管忙得不可开交，还是回头瞥了医生一眼。

"我会好好考虑……"

那一天，店里刚过了中午就打烊了。

晋平与贞子谈了很久。从二楼的窗户可以眺望祭神的船只顺流而下，行至安治川中游处打一个转，又调头溯江而上。

"好容易才有现在这样的规模，怎么可以搬家呢?！"

"话虽如此，可是我想，这或许是个好机会。"

对晋平而言，这次的确是决定搬去新潟的好机会。

"那边的土地也很便宜。资金的话，两个人合伙，应该

---

① 领上或背上印有字号的短外衣。

要不了多少钱的。川口街那家'扬华楼'中华料理店的老板早就跟我说过，如果我们要卖房子，告诉他一声，他可以马上买下来。"

"说了多少遍，我反对，没必要为不曾从事过的行业打拼。就算想轻松一点，现在的情形也办得到啊！再说谁知道对方是不是想骗我们的钱？"

到这个时候，信雄才知道父亲打算开一家汽车钣金修理车行。

"我是想搬到新潟的话，那儿的空气比较干净，倒不是为了想轻松一点。让你自个儿到其他地方养病，事实上是行不通的，若是搬到新潟，一切的事情……"

"骗人的！一切都是为了你自己的方便，因为你想去新潟，就以我的病为理由编出这样的借口……"

贞子说到最后，声音都哽咽了，转过身背对着晋平哭起来，哭泣的声音混入乘河风而来的祭神乐音中。

"傻瓜！生病的人不要哭。"

楼下传来敲门的声音，信雄走下楼去开门，原来是银子。

"我来帮伯母做点事……"

晋平从二楼大声说：

"谢谢你来帮忙。不过店已经打烊了，上来吧！"

信雄顶着大太阳出门。不仅在土佐堀川，连侧边的堂岛川上也布满了祭神的船只，每艘船的甲板上都残留着酒宴过后的凌乱。时而微风吹过，推起粼粼波光。

有一艘装饰得非常华丽的船即将穿越船津桥，信雄跑到上头用力挥舞着手。船客中一人把一个小西瓜丢给他。小西瓜在空中划出一道漂亮的圆弧，越过栏杆上方，落入信雄手中，又掉了下去。信雄连忙追赶起沿船津桥斜坡滴溜溜打转的小西瓜。

"小朋友，接到了没有？"

河面上传来一个声音。信雄跑到桥的另一侧，双手捧着西瓜大声回答。

"谢谢你！谢谢你！"

"破了没？"

"只破了一点点。"

"只破了一点点，味道会相当棒哦！就像这个姐姐啊！"

男子抱住身旁一个梳着日本发髻的女子，女子妖艳地笑起来，停不下来似的。抹满白粉的脸庞只有嘴唇涂得红通通的。

突然响起一个声音。一艘插着老人会旗帜的船忽左忽右地蛇行着。

"船老大已经喝醉了！"

路上的行人不约而同注视着这艘船。

"会沉下去，会沉下去！"

老人之中有人这么叫着。

"沉下去，沉下去，沉下去吧！"

信雄挟着小西瓜往家里跑，老人的叫声如影随形般一直追随至清静得反常的店中。

蹲在厨房后方的银子惊讶地扬起脸来。

"你在做什么？"

银子赧然一笑，招招手要信雄过去，米柜的盖子正开着。

"米很温暖呢！"

银子低语着，两只手埋在米中。

"冬天的时候，只有米是温暖的。小雄也把手放进来吧。"

信雄照银子的吩咐，将手插入米柜中直没至手肘处。但是一点都不觉得温暖，反而觉得汗涔涔的双手在米粒中愈来愈冷。

"好冷啊……"

信雄把两只手拔出来，只见手都变白了。

"可是我觉得很温暖。"

银子仍将双手搁在米中一动也不动。

"将手放进装满米的米柜中暖手，那是最幸福的时刻……我妈妈常常这么说。"

"嗯……"

信雄凝视着银子跟母亲截然不同的双眼皮的大眼睛，觉得银子比附近任何一个女孩都美，信雄靠近银子的身边，似乎闻到银子的体内也散发出和母亲近似的香味。

"我的脚又弄脏了……"

远方祭神的乐声响彻云霄。

晋平本想带他们去玩，但贞子的身体状况令他走不开。听晋平这么说，信雄与喜一只得自己前往附近净正桥的天神神社。

"不要玩太晚啊！"

晋平在信雄与喜一的手里塞了几枚硬币。

"银子不一起去吗？"

信雄仰起头朝二楼叫着。

"嗯，我不去。"

过了一会儿，银子才应声回答。

信雄、喜一两个人迎着夕阳，在路上奔跑着。

虽说就在附近，但从信雄家到净正桥步行也要三十分钟左右。两个人沿着堂岛川的岸边往上跑，跨过堂岛大桥，往北边走去，一路上只听见祭神的乐声愈来愈清晰。

绕过大马路转入通往神社的路，路上整排的商店都打烊了，只见等不及太阳下山的孩子们，已经蹲在路旁，开始点放烟火。满身酒臭的男人们穿着法被，把穿着同样式短外衣的幼儿扛在肩上，信步向神社走去。信雄与喜一在这些人的后面并排走着，倾听着祭神的乐音愈来愈热闹，心中突然没由地发起慌来。

"我还是第一次带钱出来玩呢！"

喜一隔一会儿就停下脚步，摊开手掌来看，数一数晋平给他的硬币。信雄把自己的硬币原封不动地全部拿出来，也放在喜一的手掌上。

"加上我的，大概什么东西都买得起了。"

"这么一来，或许就能买那个了。"

信雄和喜一都想买那个装满火药、会飞的火箭炮。惠比须神社庙会都会卖那种玩意儿，今晚一定也有卖吧。

虽不及天满宫那般盛大，但是这里的庙会从商店街的尽头至神社里依然摆满了无数的摊子。路上的行人渐渐增多，夜色渐浓的街道上充满了烧烤干鱿鱼的香味以及从摊贩席子上发出白光的烧炭臭味，喜一与信雄也渐渐陶醉在这种庙会的气氛当中。

喜一将硬币揣入口袋里，握着信雄的手。

"可不要走散了。"

俩人穿过人群，一家一家摊贩看过去。

来到麦芽糖铺时，喜一提议：

"买一份吧！一个人吃一半。"

信雄却说"不是想买火箭炮吗"，喜一只得不情不愿地离开。但是接着来到烤乌贼铺前，同样的情形又发生了，喜一百般央求要买。每到卖饮料、食物的摊贩前，喜一一定拉扯着信雄的手，不厌其烦地央求着。

"阿喜，你不是说要买火箭炮吗？"

挥开喜一的手，信雄的口气中明显有了怒气。

"我是想买火箭炮，可是我也想吃吃看这些食物啊！"

喜一噘着嘴，用力搔着脚上被虫咬过的痕迹。

天色不知何时暗下来了，商店街上悬吊的灯笼与电灯泡也都亮起来了，急遽拥来的人群在灯光下相互推挤，簇拥着往前进。

信雄用眼角瞥了一眼正在闹别扭、一步也不想走的喜一，径自往神社方向走去。一开始走，就被人潮推挤着向前行，再也停不下来。喜一的脸孔愈离愈远，终至看不见了。

信雄慌张地往回走。各色各样的浴衣、团扇以及汗水、化妆品的香味如潮水般汇聚，又将信雄推回原地，当信雄好容易回到原来的地方时，却发现喜一不见了。

信雄不停地跳起来环视四周。发现喜一的脸孔夹杂在人潮中，在神社的入口处忽隐忽现，不知何时，两个人竟然还擦身而过。

"阿喜，阿喜——"

信雄的叫声被孩子们的呼唤声以及祭神的乐声淹没了。喜一不停地往前小跑着，模样相当狼狈，似乎正在搜寻信雄的踪影。

信雄拨开大人们的膝盖，拼命往前跑。偶尔踩到人家的脚，必然招来一声怒骂。终于在神社前卖风铃的摊贩前追上了喜一。红的、绿的诗笺一齐翻飞，周围满是几可冲击心底的清脆风铃声。

信雄抓住喜一的肩膀，发现喜一正在哭，边哭边在喊什么。

"咦，怎么了？发生什么事？"

由于听不清楚，信雄只得将耳朵贴近喜一的嘴边。

"钱，不见了！钱掉了！"

从风铃摊子飘落的无数诗笺的影子，投映在喜一扭曲的脸孔上。

信雄与喜一重回商店街那一头，俯看着地面，左右曲折地前进，一直回溯到风铃摊子前，掉落的硬币连一枚也没找着。喜一裤子两边的口袋都有破洞。

不管信雄说什么，喜一都默不作声。两个人随着人潮进入神社内。

数名男子站在花车上打鼓吹笛。业已喝得酩酊大醉的男子们偏执地反复演奏相同的旋律，渗出的汗水湿答答地粘在裸露的躯体上。吊在花车四周的一串串电灯泡伴着乐声咯哒咯哒地作响。

信雄在石阶上坐下来，凝望伫立在眼前的一名穿着和服的少女。少女手持一盏走马灯，似乎正在等人，走马灯上一艘黑色的船屋正不停地旋转。

突然响起一声沉闷的爆炸声，四周同时弥漫着硝烟的味道。一个塑胶制成的小火箭炮落在信雄与喜一的面前。而在神社后方，有个摊子边挤满了特别多的孩子，席子上摆着许多火箭炮。喜一迅速捡起脚边的火箭炮，拉着信雄的手，朝那个摊子跑去。

一名头缠布巾的男子坐在席子上，从喜一的手中接过火箭炮，沙哑地说：

"谢谢，谢谢，[①] 辛苦你了！"

信雄与喜一相视一笑。

"那个要多少钱？"

"只要八十日元，怎么样？很便宜吧！"

两个人听了，面面相觑。原本可以买两个，再买烤乌贼来吃的。

"那你再玩一遍给我们看，我们就买。"

危险啊！会飞到月亮去的火箭炮啊！——男子一边叫着，一边在短短的信管上点火。信雄与喜一忙不迭地后退了两三步，提心吊胆地注视着信管。

随着一声巨响，火箭炮斜飞出去，打中银杏树后落入油钱箱中。男子慌张地追在火箭炮后面，那模样引起旁观的游客哄然大笑，信雄不觉也笑起来，同时也回头看看喜一，却见喜一的眼睛不知因何缘故眯得小小的，视线注视着另一个方向。

"啧！落在那种地方再也拿不回来了！"

男子走回来，盘腿坐在席子上，恚恨之下便高声怒骂，迁怒他人。

———————————

① 原文为英语。

"没出息、不长进的家伙，一个也不买，光问价钱，寻老子开心，马上给我滚到别的地方去！"

"小雄，回去吧。"

喜一敲敲信雄的肩膀，迅速穿过花车旁跑走了。

"快来啊！快来啊！"

喜一笑着把信雄叫来。人愈来愈多了，在神社入口处犹如波浪般形成旋涡。

两个人避开人潮走入小巷，跑至巷底时，喜一便将衣服撩起来，露出一枚火箭炮，夹带在裤腰之间。

"那是怎么一回事？"

"那个叔叔去捡火箭炮时，我偷的，这个是要给小雄的。"

信雄惊讶地挪开傍着喜一的身体。

"你偷的？"

喜一甚为得意地点点头，信雄不由得大叫起来。

"这种东西我不要，做这种事就是小偷！"

喜一听了，难以理解，再三打量信雄的脸。

"你不要啊？"

"不要！"

从那个乱骂人的小贩那里偷拿玩具，对信雄而言本是件大快人心之事，但此时他还是言不由衷地责备喜一。他从喜一手中抢过火箭炮，摔在脚底下，然后小快步跑入人群中。喜一捡起火箭炮追上来，再次询问：

"你真的不要吗？"

信雄冲口喊出一串话，激烈得连自己都吓一跳。

"小偷、小偷、小偷！"

信雄用力拨开人潮，奋力推挤过去，一心一意往前走，只听得喜一悲伤的声音从背后响起。

"对不起！对不起！我再也不偷东西了。从今以后我绝对不偷东西了。不要那样说嘛，不要那样叫我！"

尽管信雄再三挥手，想置之不理，但喜一仍哭着黏着他不放，两个人就这样拉拉扯扯，一步步远离祭典的喧嚣声。

夜已经很深了。

堂岛川边行人逐渐稀少，唯有河风不时吹拂柳枝。两个人步履蹒跚地走回河畔。每当祭神的乐声随着风势增强而突然变大时，两个人就不约而同停下脚步，默默无言，相互瞄着对方的表情。

好容易走回凑桥，东边的夜空蹿起数道烟火。烟火爆炸后，开出数个绚丽的大圆圈。正以为就此结束了，不料又是数道红的、蓝的垂柳花炮咻咻发响，冲上夜空，迸出火花。

信雄和喜一骑在凑桥的栏杆上，仰望着夜空中美丽的烟火。河风习习。开始退潮了，原本高涨的河面不着痕迹地迅速低退。信雄看看烟火，又看看船屋，视线就在这两点间交互更替。

"有个螃蟹的巢穴哦！是我的宝藏，只给小雄一个人看。"

喜一捏着嗓子悄声低语。

"螃蟹的巢穴?"

"嗯!我做的。"

晚上不可以到船屋去——晋平的话蓦然浮上心头,可是敌不过想看螃蟹巢穴的诱惑。

信雄与喜一溜下小路,小心翼翼地走过踏板,以免发出嘎吱嘎吱的声响,然后进入船屋中。

微微泛白的光线从对岸照射过来,几乎笼罩着整个河面,船舱中时而照进一小块暂留一下的光晕。

等眼睛习惯了船舱中的黑暗,才发现银子睡在房间的角落处。不知为什么,在一片漆黑当中,唯有头发隐隐约约发出亮光。

信雄与喜一口都渴了,于是揭开水瓮的盖子,用水勺舀水来喝。船舱中响起喝水的声音,还有烟火爆炸时细微的声音。

喝完水后,喜一打开靠岸这边的小窗,钻出身子至船舷,拔起一根插在浅滩中的竹竿,仔细一看,原来是一把老旧的竹扫帚,尖端都磨圆了。

"你看!"

喜一摇晃着竹扫帚,水滴扑簌着滴落下来,同时也掉下了数只河蟹。

"里面还有更多呢!"

这些湿漉漉又硬邦邦的东西爬过信雄的手背进入船舱中。

"这些全部都是螃蟹?"

"是啊!全部都送给小雄。"

螃蟹爬过信雄的脚背,在榻榻米上四处横走。黑暗中看不见螃蟹的样子,只听见在榻榻米上爬行的声音。

信雄从船舷处再度凝望烟火,胸前、背上不断冒出汗来。喜一的眼睛在对岸灯火照耀下反射出白光,直勾勾地盯视着信雄的侧脸。

无数的螃蟹爬出搁置在船舷处的竹扫帚,一会儿工夫便全在房间中四处横行。船上到处都可听见螃蟹爬行的声音,连三夹板那一边都可以听得到。突然响起一阵声音,仿如烟火升上夜空,又好像有人在啜泣。

信雄把身体缩回船舱中,竖起耳朵仔细聆听这个怪异的声音。直至又出现了碰碰船溯河而上的声音,才使信雄回过神来。

"我回去了……"

信雄开口这么说,但喜一按着信雄的肩膀站起来。

"不要回去,我玩个有趣的把戏给你看。"

"什么有趣的把戏?……"

喜一把灯油注入大茶碗中,然后把螃蟹泡进去。

"这些家伙会喝很多油。"

"要干什么呢?"

"你看，痛苦得吹起泡泡来了。"

喜一压低着嗓门说毕，将螃蟹并排放在船舷上，点起火。船舷上一刹那燃起了好几团蓝色的火焰。

有的螃蟹一动也不动，直待火焰烧尽，有的则举着火柱四处乱窜。蓝色的小火焰不断发出恶臭，同时螃蟹的身躯也不断发出某种奇怪的声音。火焰燃尽后，螃蟹的残躯内还蹦出细细的火花，很像是滴花花炮掉落在地面上的火星。

"很漂亮吧？"

"嗯……"

信雄的膝盖开始打颤，恐惧从体内蹿升起来。

信雄幼小的心灵也感受到喜一的举止异常。眼前的螃蟹还燃烧着。喜一摇动竹扫帚，又取出数只螃蟹浸在油中，而后像着了魔似的一一点上火。

"阿喜，不要再烧了，不要再烧了！"

点点火焰四处散布。大部分掉进河里去，但也有数只落入房间里。

"危险！阿喜，会引起火灾的。"

燃烧中的螃蟹在狭窄的房间里到处乱爬，所过之处必落下小火星，但喜一只是垂着双手，茫然望着房间里的火焰。

正当信雄在榻榻米上爬行，想把火熄灭时，本应睡着的银子缓缓起身了。只见她不慌不忙地抓住还在燃烧中的螃蟹，一只只抛进河里。

唯独一只漏网的螃蟹，顶着火焰直穿过船舷而去。信雄伸出手，想把它拂进河里，但火焰快速地朝船尾爬去。

信雄四肢并用地爬着，朝船尾追去。就在即将追上的刹那，螃蟹自己掉进了河里。他保持原先的姿势，不经意地朝喜一母亲房间的小窗望去。

母亲的脸庞出现在黑暗深处。被蓝色斑纹状的焰光覆盖的男子背部，像波浪般在母亲上面起伏不停。对岸幽微的灯火光影投入房间，交织成条纹图案。信雄定睛看着母亲的脸庞，而那双丝线般细长的眼睛眨也不眨，也回看着信雄。蓝斑的焰光随着一声声细微的呻吟起伏得更加激烈了。

信雄全身突然竖起一阵鸡皮疙瘩。他迅速从船舷退回，退到姐弟俩房间的那一刻，陡然放声大哭。他一边搜寻着银子与喜一的身影，一边哭得几乎响遍了整个河畔。

信雄发觉姐弟俩始终站在房间的角落处，黝黑的身影动也不动地俯看自己，而他一面哭，一面摸索着穿上鞋子，摇摇晃晃地走过踏板，爬上小路。烟火还持续绽放着。

天神祭过后十天，晋平下定决心搬去新潟了。有个买主突然愿意出比市价高两成的价格。

尽管贞子从头到尾一直反对，但气喘频频发作，再加上晋平十分坚持，到头来不得不让步。买主的条件是八月中旬前得将土地与房屋交割清楚。

"再怎么说，商人就是商人，考虑得真多。不过这样也好，信雄转学后正好是新学期开学。"

尽管为了搬家忙得不可开交，晋平脸上仍充满着爽朗的笑容，口中还不断诉说新的工作计划、新潟的街景、积雪的情景。这期间贞子不知是否气消了，也开始附和起晋平的话：

"跟这儿不一样哦，空气很干净，对我的气喘是最好不过了。"

"是啊。像这种满是尘埃的地方是不适合人居住的，搬到新潟之后，爸爸一定会拼命工作！"

自从天神祭那晚以来，信雄不曾再和喜一见面。姐弟俩自那以后不再来店里玩，信雄也不再到船屋去拜访。信雄要不就独自一人在惠比须神社内闲逛，要不就坐在二楼的楼梯上，茫然眺望着河畔，日复一日，内心里仍期待着喜一走过桥到自己家来。

得知要搬去新潟的那一天，信雄走近船屋附近。然而，喜一母亲那双细长的眼睛以及那起伏不定的蓝色焰光，再度在信雄的脑海中苏醒，使他无法走下小路。信雄向船屋屋顶丢了好几个小石子，他打算要是喜一探出脸来，就装作不知情的模样凭在栏杆上。这么做的话，喜一或许会原谅自己那一夜那么大声地哭泣，也说不定。

但是，船屋中毫无任何动静。信雄只得慢腾腾地走过桥回家去。和熟人道别、远离生长之地的感慨，对年仅八岁的信雄而言，还是种模糊而抽象的意念。

终于到了明天就要结束营业的日子。

每当熟客前来光顾，晋平与贞子便并排站在对方面前，殷勤地向对方道别。

那些在碰碰船上营生的男人，对于这种道别的应对相当不得体，多是回以嘲弄的口吻：

"不行啦，不行啦，怎么可以去新潟呢？"

"我们这班人以后要到哪里吃饭呢？"

"想到以后不用再吃你煮得那么难吃的面，真是松了一口气！"

又在默默吃完了面后，很难为情似的离去了。

也有人走到无精打采的信雄身旁，摸摸他的头，安慰他：

"小家伙，祝你身体健康！"

中午忙碌的时刻一过，店里再也没半个客人。

"回想起来，战争结束后，就在这河边临时搭建的木板屋里开店做生意了呢。"

晋平点起一支截成两半的香烟，感慨不已。

"如今要和这条河道别了。"

贞子正擦着桌子，同时茫然眺望着土佐堀川，突然停下工作，走到窗边，直直地凝视着对岸。

"阿喜他们的船似乎要走了。"

"什么？"

晋平从厨房后出来，站到窗边。信雄也挤进双亲中间，往河面看去。

盛夏的太阳映着波光粼粼的河面，只见一艘碰碰船拖着船屋缓缓离开岸边。

"他们要去哪里呢？"

贞子语带哽咽。晋平只是默默叼着香烟，专注地看着船屋。

曾在某一天突然出现在信雄眼前的船屋，如今又将不告而别，自这个河畔消失踪影。

"小雄，不去一下？不去跟他们道别吗？"

贞子的眼眶都红了，她推了推信雄的背。

"你打算吵架后就这么告别吗？你们不会再见面了啊！"

"我们没有吵架……"

"快去吧！不快一点就来不及了。"

信雄跑出店面，跑着跑着，内心突然涌起一股苦闷、憋得发慌的愁绪。

此时，船屋已穿过凑桥，正往上游而去。信雄跑至凑桥正中央，向脚下的船屋大声呼喊：

"阿喜——"

船屋上的窗户关得紧紧的。

"阿喜，阿喜——"

信雄顺着河道紧追船屋不放，边跑边叫着喜一的名字。

在船屋的屋顶上有块西瓜皮，将耀眼的阳光反射回来。陈旧的碰碰船在前方吃力地行进，破浪的声音响遍整个河畔。船屋尾舷部分不停地左右晃动着，在土佐堀川正中央急急前进。

"阿喜，阿喜——"

信雄随着船屋跑了好长好长一段路，一直跑到有桥的地方，才先停下来，等船屋穿过桥下方时，朝着脚底下的船屋大喊。

"阿喜，阿喜，阿喜——"

不论他怎么大声喊，船屋里的母子都没有应声。

就这样不知越过几座桥，信雄发现在船屋后方卷起的波涛中，有个浑圆发光的物体，乍见之时，信雄还没明白过来是什么，只见那发光的物体缓缓地打转。

"鲤鱼精！……"

不知何时，这条巨大的鲤鱼宛如追随在船屋之后，徐徐溯河而上。

"鲤鱼精啊！阿喜，鲤鱼精出现了——"

信雄拼命大喊着。帆布鞋数次陷入软化的沥青中，害得信雄差一点摔倒。

"鲤鱼精啊！鲤鱼精就在船的后面！"

对信雄来说，在这一刻，自己一家人要搬去新潟的事、要和喜一道别的事，都不重要了，心中就只想着，无论如何，也要让喜一知道船后有鲤鱼精。

"阿喜，阿喜，鲤鱼精出来了，真的出来了！"

信雄半哭泣着，气喘吁吁，汗水直滴入眼里，仍在炙热的大太阳底下锲而不舍地奔跑着。鲤鱼精出现了，他一定要让喜一知道。仅仅为了这一点，信雄顺着河边，追逐着船屋往上跑。但是，船屋的窗户依然紧闭，如同无人的小舟一般寂静，在耀眼的河中央幽幽前进。

当信雄猛然醒悟过来，不知何时，河畔尽是钢筋水泥大楼。此处对信雄而言是从不曾涉足的、陌生的他乡。

"阿喜，鲤鱼精真的在后面出现了！"

信雄提高音量，大叫最后一声，就此停下脚步。

他将手搁在滚烫的栏杆上，看着船屋迤逦溯江而上，紧随在船屋之后的鲤鱼精也悠游翻泳在泥河之中。

萤　川

雪

銀藏爷爷拉着货车过雪见桥，朝八人町的方向渐行渐远。

清晨雪停，街上本应是白茫茫的一片，可富山街道仍被暗沉的铁灰色笼罩，显得灰扑扑的。

龙夫弓着背，不断朝双手哈气，哆嗦地走回鼬川河畔，在自家门口停下来，凝望着夜色渐浓的河面。电线上的积雪纷纷坠落，不时惊出屈着身躯窜开的野狗。

时值昭和三十七年（一九六二年）三月底。

西边的天空残红，已覆盖不了每条街道。日暮的光线再也无力穿透暗淡的大气，收敛起所有的光华，死气沉沉地笼罩下来。偶尔出现狂乱交错的闪光，也仅止于屋脊上的积雪、市营电车发亮的铁轨罢了。

岁暮时节，"冬"似乎代表了一切。土是残雪，水是残雪，草是残雪，就连阳光也有残雪的余韵。到了春天，到了夏天，冬天的孢子纷纷潜藏起来，终年将这份里日本①特有的香气沉淀得更醇郁。

"叫你买个香烟，你跑到哪去了？你爸爸还在等呢！"

母亲千代从厨房的窗口探出脸来责备道。

"嗯……"

龙夫在玄关前脱下防水靴，而后塞进柿枝堆里。才刚买不久的东西，里头已经弄湿了，只要走在雪路上，脚指头就会冻得发疼。

父亲重龙靠着墙坐在被炉里，龙夫将香烟与找回的零钱一并递给父亲。

"买个香烟要花一个小时吗？"

"我到武夫家去买……他家最近开始卖起香烟来了。"

收音机正在播放金马的单口相声，但信号不良，杂音很多。龙夫将脚伸进被炉里，用舌头去舔收音机的天线。舌头触及天线，杂音便消失了，金马高亢的嗓音也清楚多了。

毛玻璃上映出了千代正在准备晚饭的身影。

"老了呢……"

重龙叹了一口气这么说。这是父亲口中第一次吐露出像是辩解般的话来，但龙夫依然二话不说，忙着舔收音机的天线。

---

① 日本本州靠日本海的地区。

"不要舔了！"

"嗯……"

龙夫将天线的头搁在被炉上，然后躺下来。他一躺下来便闻到父亲身上的味道。龙夫讨厌父亲身上的味道。那种味道总令人回想起观看马戏团的情景。

那一天在富山城公园看完马戏团表演，龙夫是被父亲抱着回家的。母亲则在不远处尾随而行。那时候的龙夫还没有上小学，只记得迷迷糊糊地把鼻子靠在父亲的脖子上。不要睡，会感冒的……每当被父亲的声音唤醒时，眼中只看见远方红黄交织的帐篷，以及空中飞来荡去的秋千。龙夫还记得，从那时候开始，就暗自决定今后再也不看什么马戏团了。

对龙夫而言，马戏团和父亲、和父亲的体味都是一样的。只要闻到父亲身上的味道，便会想起好多年前看马戏团的情景：空中飞人服装上淋漓的汗水、马蹄上艳红的油漆、小丑脸颊上两团红红的圆圈、走钢索少女没有笑意的眼睛……

看完马戏团表演后，一家人在西街的餐馆用餐，重龙与千代不知为什么事吵了起来，才讲没几句，重龙就出手打了千代。刹那之间四周的人都静下来，鸦雀无声地看着他们一家人。千代俯下脸庞，露出苦涩的笑容，一旁的龙夫默默地看着父亲与母亲。重龙打了千代便站起身来。父亲身上的味道总令龙夫忆起马戏团帐篷里的情景，还有当时餐馆中众人投射过来的目光。

"把收音机关掉。"

"嗯……"

龙夫爬起来把收音机关掉。

"你十五岁了吧？"

"还没，才十四岁。"

"怎么能不老啊！……我五十二岁时才有你这个孩子，在那时本来已经完全绝望了，千代告诉我她怀孕了，我还吓了一跳，听得全身都打颤……"

待在完全密闭又温暖的房间里，龙夫依然可以感受到雪花飘落下来的速度。四周愈寂静，愈能清楚听见那种迫切又密集飘落的声音。大约从半年前突然快速长高开始，这种特异的听觉也在龙夫体中苗壮地萌发、生长。

"下雪了……下得很大的雪……"

经龙夫这么一说，重龙也竖起耳朵倾听了一会儿，随后微微一笑说：

"龙夫，下面的毛长出来了吧？让爸爸看一看。"

"不要，根本都还没长出来……"

龙夫僵直着身躯回答。平常，父亲若说要"看一看"，便会强行把龙夫的衣服扯开看个究竟，但今天的重龙只是笑笑，没有动手。

"牛岛家那个良雄，早就长得像乱蓬蓬的野草了，可是我却长不出来。"

"早不一定好。早开的花早谢。我也是很晚啊，你果然跟我一样，也比较晚。"

"我……我今年又再长高五厘米了。"

"哦！长那么高了！变声后的确会像雨后春笋般往上长。不过不管长多高，今年也不可能变成二十岁。"

重龙一边说，一边抚摸着龙夫的脸颊。重龙的肩膀、胸膛都十分厚实，但这反而让龙夫的心更加沉重起来。

一年前，重龙的事业整个垮掉。若是以前，他一定会重新站起来，为新的事业整天忙得不可开交。

在日本战后复兴时期，重龙大量贩卖驻军出售的旧轮胎，赚了很多钱，甚至还进一步经手相关的汽车零件，成为北陆屈指可数的商人之一。而他也乘机一一涉足新的事业。背地被人们称为"金刚龙"的重龙，正是一个豪气万千的野心家，但并非心思缜密的创业家。

昭和二十八年左右，重龙手边的事业全都陷入僵局，但他并不就此打住，反而一一转行改做其他新的事业，直到最后关头才豁出去，决定结束营业。然而在这期间，每一回挹注的资金已在不知不觉中滚成一笔庞大的债务。当他开始觉得焦虑不安时，已是个年过六十的老人了。

"我以前有个结缡多年的妻子，叫春枝，她没有为我生下一男半女。"

重龙讲起往事，龙夫还是第一次听说。

"虽然我已经娶了妻子，却又和千代有了你这个孩子。

我早就想要个孩子了，想得快发狂。如果当时我才三十岁的话，或许会采取其他方法，但是已经五十二岁的人，做法毕竟不同……虽然我像丢破草鞋一样抛弃了毫无过错的发妻，那也是因为我要当这个上天赐给我的孩子的好父亲。"

和春枝离异后，重龙就和千代搬到富山成立家庭，哪晓得过了几天后，有天早上发生了一件事。重龙缓缓追溯起往事，舌头似乎有点打结。

"我听见枕边传来一阵奇怪的声音，睁开眼睛一看，天还没亮，可是千代人不见了。我立即明白那是千代的呻吟声，从外头河边传进来的。我赤着脚在雪地上狂奔，而后注意一看，千代正在河边痛苦地呕吐。害喜害得很严重，使得她的身体似乎变得又瘦又小，还散发出令人不快的蓝光。我凝视着千代蹲在岸边往河里吐，看了很久很久，忽而变黑忽而变蓝，确确实实看见河面和千代的身躯散发出光来。"

龙夫拿起碟子中剩下来的咸海带含在嘴里，雪花飘落的声音始终萦绕在耳边。

"那个时候，我才知道我根本不曾明白自己真正的心意。"

重龙伸出手再度抚摸着龙夫的脸颊。

"既然是男人，也该懂事了，不要经常玩弄下面那东西！"

龙夫红着脸低下头去，突然涌起一股冲动，想把一切事情都告诉父亲。他还记得那一天，校园里空荡荡的，一个人都没有。他在爬树的时候，身体突然涌起异样的感觉，当时也不知搂住什么东西就开始磨蹭起身体，心想若是当时的情景被他人撞见的话，只能一死了之了。可是想归想，仍抗拒不了那股突然升起的燥热，而且，那一瞬间眼前还浮现出英子的裸体……。

"要玩就到澡堂去玩，反正弄脏了也无所谓。"

重龙摇摇晃晃地站起来，一边嘟囔着要去小便，一边走出房间。

"等会儿上一下时钟的发条。"

千代的声音从厨房那一头传来，龙夫依言打开时钟的盖子，重龙忽然又走进来，关上隔扇门后突然伸出右手。

"龙夫，拉住我的手。"

重龙的嘴唇异常地向上卷起。

"小腿肚抽筋吗？"

就在龙夫抓住重龙手腕的一瞬间，重龙的假牙从口中掉下来滚到地上。他瞪着眼睛，舌头也吐出来，砰的一声倒在榻榻米上，头顶着墙壁，身躯开始激烈抽搐着。

救护车内很冷。龙夫随侍躺在担架上的父亲身旁，冷得牙齿上下打颤。到了医院后，重龙虽然恢复了意识，但右手依然无法动弹。医生询问他：

"昏倒时的事情记得吗？"

"不……完全不记得了……"

"那么，记得什么事？"

"内人正在煮晚饭……之后的事就不记得了。"

龙夫从病房的窗口望着外头纷飞的雪景。仿佛第一次见到的苍白雪花不断地飘落在医院的中庭里。

诊察结束后，医生便离开了，重龙立即对妻儿说：

"不要再指望我了……"

千代默默地把丈夫的衣领理好，略低着头，脸上挂着那种一贯会做给别人看的独特的微笑。

医生将他们俩叫至走廊下，告知重龙的病症。这次虽是突发性的脑溢血，但由于重龙本身已有十多年极严重的糖尿病，这种病人一旦发生中风，脑部功能有日益退化的危险性。

当天夜里，千代与龙夫睡在医院里，第二天早上才搭第一班市营电车回家。

"今年的冬天可真长，明天就是四月份了。"

千代打开玄关上的锁。

远方已隐隐约约有早起的人在活动。龙夫伫立在家门口凝视着鼬川，岸边轻飘飘地积着一层白雪，露出短短的枯木，衬得流水分外污黑。

这股发源于立山的清流，蜿蜒流经广大的田园而渐趋干涸，又迤逦过无数的街角，河水转呈浑浊，不知何时被人们以几分轻蔑的口吻叫作"鼬川"。当然这并不是正式的称呼。上游有其他的名字，而从龙夫家算起的下游，还有另一个不同的名字。这是条水量不丰但流幅绵长的贫乏河川。

进入屋内立即闻到煮鱼的味道，时钟的盖子还开着，重龙的假牙也依然搁在钟的下方。

"待会儿得把'这个'和换洗衣物一起带去。不能咬东西，爸爸一定会乱骂一通，要是再中风……"

千代把假牙包在手帕内，而后就一动不动地坐在那儿。龙夫走进自己的房间，把被褥铺好，整个人都钻进去，连头也一起蒙住，眼睛却睁得大大的。屋顶的积雪滑落了一些。不知是谁从小巷往河边走去，脚步声渐去渐远，不久便听不见了。

英子的侧脸在黑暗的被窝中浮现，算来也有一年了。自幼就熟识的英子，小学时还常常在一起玩耍，但一上中学后，突然就不和龙夫讲话了。龙夫想起有一次在学校的楼梯无意间瞥见英子白皙的大腿，接着又想起藏在桌子里的写给英子的信必须尽快烧掉。虽然没有寄出的勇气，可他还是常写信给英子。短短的信笺上洋溢着龙夫绝不想让第三者看到的害羞事。不，还不止是信而已，在桌子里还满满堆积着不想让他人看见的东西。那些东西散发着汗臭味，隐藏着热情、魅力与自虐。

再过一个星期左右又是新学期开始，龙夫要上初中三年级，必须开始准备高中入学考试了。同年级的同学几乎都还悠哉悠哉的，其中却有人像变了个人似的开始发奋用功，关根圭太就是其中之一。但是，关根突然发奋读书的理由跟他人略有不同。关根的理由仅仅是为了英子，为了能和英子一样进入同一所县立高中。关根丝毫没有将这份心意向自己的伙伴隐瞒。

有一回，从学校回来的路途中，尽管大雪纷飞，两个人也没撑伞。龙夫当时就曾问过关根：

"你真的喜欢英子吗？"

关根虽然略微涨红了脸，但也认真地回答：

"嗯，真的喜欢，不是骗人的。"

"大家都知道这件事，英子也知道了，你不觉得害羞吗？"

"是觉得害羞，不过既然喜欢上了，那也没有办法啊！"

关根用手拂去头上的积雪，随后又展颜一笑。

"这张脸啊，我爸爸说根本不讨女人喜欢。"

不知不觉中，两个人已走到"焉泽牙科"的门前，那正是英子的家。门柱上的雪积得有如覆碗那般厚。龙夫瞥了关根一眼，而后将自己或许更胜于关根的爱慕之心一个劲儿地隐藏了起来。

龙夫嘲笑似的用手肘顶顶关根的侧腹，关根也笑着顶回来，两个人就这样互相戳着对方的身体，在雪中跌跌撞撞地往前走。

上生物课时，他们学到了"费洛蒙"，关根到图书馆详细查证了一番，之后便睁大着眼睛，滔滔不绝地发表高论。

"英子散发着很迷人的味道。"

雌性动物以分泌"费洛蒙"这种物质来吸引远在数公里外的雄性动物。关根的口中源源不断地蹦出这些惊人的言辞。

"昆虫啦，或是其他种类的动物体中都可以发现费洛蒙。像蟑螂更是不得了，甚至还可以利用费洛蒙效应来杀蟑螂呢！不过，像这种科学上的事是相当无趣的。"

之后关根便一直喃喃自语着。

"热情的，英子的费洛蒙是热情的。"

孩提时期，龙夫曾和附近的女孩在壁橱里玩游戏。在关根一席话的诱使之下，龙夫迎着漫天飞舞的大雪，娓娓道出那桩不曾对他人提起过的往事。

"壁橱中好暗好暗，突然觉得害怕起来，但百合还默默地趴在棉被上。"

"什么时候的事？……"

"小学二年级时。"

"哦！你也太早熟了吧！"

"我脱下百合的内裤，触摸屁股那个洞。"

"真的摸了？……"

"嗯……摸了很久。壁橱里不但暗，还有股霉味，只有一点点光从隔扇的缝隙透进来。我还试着把手指插进洞里。"

"插进去了吗？……"

"没有插进去，百合一直喊痛……为什么会冲动去做这种事？这也跟费洛蒙有关吗？"

"或许吧！……"

关根待龙夫把话说完，举起手拂去头上的雪花，接连拂拭了数次，同时口中又念念有辞地说：

"热情的哟！……"

关根说这话时仰脸望着天空，龙夫还清清楚楚记得，当时自己是以何等憎厌的眼神看着关根的。

棉被里渐渐暖和起来，龙夫忽然觉得倦意袭来，将眼睛闭上。父亲痉挛摔倒的那一瞬间，脸上的表情至今仍烙印在他内心深处。当他听见父亲说"不要再指望我了"时，忽然生起被背叛的感觉。时钟已经停了，家中静悄悄的，一点声响都没。

龙夫悄悄起身，窥视隔壁的房间，千代依然坐在时钟下方，膝盖上放着重龙的假牙，垂着头一动也不动。

进入四月后的第五天又下起了大雪。

原本蓬松地堆在街上的积雪，又覆盖上一层厚厚的新雪，把脏污留在白色街道的底层。

千代带着重龙的换洗衣物，小步跑到站牌处，恰好赶上还未开行的市营电车。空气中弥漫着鱼腥味，一位状似鱼贩的老婆婆叨叨念着，不快开鱼货就要不新鲜了，也不知是说给司机听，还是在自言自语。千代想腻了，转而偷窥坐在自己正对面的老婆婆。一见老婆婆目光犀利地反瞪着自己，千代连忙慌张地把视线移向车外的景色。雪下得比较小了，依稀还可看见"越中返魂丹"那块大招牌。

千代忖量着，今后到底要如何生活下去。满身债务，又毫无分文收入，除了自己出去工作，别无他法可想。但是，生活费之外，再加上丈夫的住院费用，必须得有一笔相当可观的收入。她一会儿乐观地想着自己才四十五岁，一会儿又悲观地想着自己已经四十五岁了，反复思量，唯一可确定的就是，现在真的是穷途末路了。

昨天才听说重龙的前妻春枝离婚后，在金泽市内经营旅馆业，最近还增盖了一间钢筋水泥建的大分馆。千代耳闻这个消息，突然安心许多，她想把这件事告诉重龙，或许对现在的重龙来说，这个话题是最能让他感到安慰的了。

市营电车慢吞吞地绕着道路前行，在西町的红绿灯处停下来。只见数名作业人员站在铁轨上。不知是不是因为下雪，铁轨发生了故障，反正市营电车停下来后便动也不动了。

"不快开，鱼货就不新鲜了！"

老婆婆又开始嘟囔。千代若无其事地凝视着老婆婆防水靴上沾附的鱼鳞。

以前，她搭乘的夜行火车因大风雪而抛锚时，她也曾如此凝视坐在前面、一副行贩打扮的女人脚上所穿的防水靴。火车内的灯光昏暗，却照得防水靴上散布的鳞片闪闪发亮。当时鳞片的闪光还历历在目。这就是在怀了重龙孩子的那一夜与冷冰冰的幽暗相系的闪光。

千代有过一次不幸的婚姻，和前夫生下一个男孩。当时已一岁的孩子由丈夫带走。坚持舍弃孩子也要分手的，倒是千代自己。

现在，那个孩子应该二十四岁了。为什么内心从不曾想过要再见孩子一面？或许是因为嫁给重龙，生了龙夫这个孩子吧！不过有时千代一念及自己的心态，还是会不寒而栗。

千代的前夫是个铁路员工，是有田产的富裕人家的长子。千代在亲戚撮合下，二十一岁时和这个男子结婚。丈夫的肤色白皙，有着女性般红润的嘴唇，但不相衬的是嗓门又粗又响亮。

丈夫除了拥有茶道、花道的执照外，还擅长弹三弦琴、唱长呗①，这在当时的铁路员工中是颇为罕见的，但是丈夫偏又是个酒鬼。新婚甫过两个月，下了班的丈夫喝得烂醉如泥，连衣服都不知放在哪里，仅穿着一件内衣回家。千代责问此事，立即招来丈夫一顿拳打脚踢。

第二天没值班，丈夫睡到中午才起床，口中说着"这对宿醉最好"便插起花来。看着丈夫穿着奢华和服的模样，千代油然升起一股说不出的厌恶感。千代离家出走，逃到住在高冈前一站小杉的母亲那边。这是千代第一次离家出

_____

① 一种配合三弦琴演唱的歌曲。

走，当时罹患结核、卧病在床的母亲与哥哥住在一起。

等到下一个休息日，丈夫前来接她回家，整张脸贴在榻榻米上，一再哀求她无论如何也要回家，千代才又回到丈夫身边。但是，丈夫的酒癖是改不了的。当丈夫再度喝得醉醺醺回来，千代又逃到母亲住处，而后丈夫又去接她回来。这种情形反复发生，直到孩子出世了，依然没有改变。唯一不同的是，离家出走的千代身上背着个婴儿。

千代很难将这个流着口水、仅穿一件内衣、烂醉如泥的丈夫，和那个换上华丽和服、恬静地插花饮茶的丈夫合为一体。而不论丈夫是哪一个样子，千代都觉得无比的厌恶。

孩子出生半年后，喝醉的丈夫担着铁路局配给的、作为薪资一部分的白米回家，米袋上破了一个洞，白米沿路撒落，回到家时已一粒不剩。

当时千代便已下定决心。差不多同一个时候，千代的哥哥接到征召令。由于父亲早在千代孩提时期就已逝世，千代势必得负起责任，照顾卧病在床的母亲。而战争终于发展至非比寻常的局势。

千代带着孩子回娘家，并且托人把自己的意思转达给丈夫。丈夫一如往常地前来接她回家，但千代再也没有回去。

半年后，公公婆婆允诺了千代离婚的要求，条件是孩子必须归夫家。千代心想这样也好，就算失去了孩子，也要跟丈夫分手。

千代站在暗处，远远地看着婆婆抱着孩子走进车站的检票口，双腿不断发抖。和丈夫短短的婚姻生活终于结束了。

战争结束后那一年，母亲也去世了。被征召至南方的哥哥就此音讯全无。战后物资异常匮乏，但是欢场已经重张艳帜，千代应金泽一家叫"田村"的酒家女主人招揽前去工作。当初的工作性质是帮助女主人坐在柜台管管账、分派艺伎，既不当艺伎也不是女侍。但千代的人缘比那些红牌的艺伎还好，经常被笑嘻嘻的客人团团围住，央求着只要千代默默坐在身旁就好，根本不要艺伎相陪。久而久之，千代也变成那个世界里的一分子。之后便认识了当时在北陆地区开始打响知名度的水岛重龙。那是战争结束后迈入第三个年头的事。

市营电车再度缓缓向前移动，站在铁轨旁的工作人员朝乘务员挥手高声叫着。

"一整天都在铲雪呢！"

"总比检票要好得多！"

年轻的乘务员也喊回去一句。工作人员的笑声在依然纷纷飘落的大雪中逐渐消失。

医院是古老的木制房子，而重龙住的那一栋采光很差，白天房间内也亮着灯。这里闻到的不是医院应有的强烈消毒药水味，而是弥漫着一股汗臭与水果混合的味道。

"有股血浆的味道。"

重龙一字一字地吐出这句话。千代将苹果去皮切成一块一块，此时重龙的口中正含着一块滚来滚去。

"为什么不咬一咬吞下呢？"

"假牙合不拢。那种牙齿，丢掉算了！"

重龙用脚踢着用纸包着放在床尾的假牙。千代用手拭去他嘴角残留的药粉时，重龙又开口说：

"把那张期票拿去给大森。"

重龙已经很多年不曾提起这个朋友。

"可是……"

"我的一切他都知道。他啊，明知这张期票不会兑现，怎么说还是会贴现给我们的。水岛重龙的任务就到此结束了，你们只要去低下头说拜托拜托就可以了。"

千代抚摸着重龙无法动弹的右腕。手腕虽然没有力气，摸起来还是很温暖。重龙看着窗外的雪景，问起龙夫最近都做些什么事。他对于儿子不常到医院来，心中颇为不满。

"这个孩子真像你，又胆小又神经质，可是有时又会搞出令人意料不到的名堂，也不知道是哪儿少了一根筋。"

重龙笑着回答，只有这一点跟他很像。

雪似乎愈下愈小了。

"最后一场大雪了。"

说完这句话，千代自己吓了一跳。对重龙来说，这或许真的是最后一场大雪了。

"最近终于想起来了。孩提时期那件事……的确是在夏天时发生的。"

重龙从来不曾提起过自己孩提时期的回忆。

"那一天蝉叫得好大声，我躲在石墙后等人。突然从石墙的缝隙爬出一条小蛇，很快地又钻进另一缝隙，我松了口气，然后继续僵着身子等着有人经过。那一天天气很热。我一直躲在石墙后，不知道是要等那个人走到身旁突然大叫一声吓他，还是害怕那个人追来而一直躲在那里。我怎么想也想不起来。那时候我不是五岁便是六岁。"

"很久以前的事了嘛。"

千代故意装出笑容这么说，想起自己孩童时期也曾经有过类似的经验。

"到底在等谁呢？怎么想也想不起来。昨天夜里终于想起来了。在刺眼的路的转角处，我曾看见那家伙的脚。"

重龙说到这儿便不说了。千代本想说出春枝的事，但不知为了什么缘故也噤口不言，默默地看着窗外的雪景。北陆黯淡的云层缓缓横移过来。

从睁开眼那一瞬间开始，龙夫就不断在心中大叫四月大雪、四月大雪。一旦四月下了大雪，那一年就可以去赏萤了。龙夫小学四年级那一年，银藏爷爷就和他订下了这项约定。

"满天都飞舞着萤火虫呢！没有过吧？不是一群一群的，而是一整块一整块的。从遥远的鼬川上游，越过一大片一大片的田地，在完全无人居住的地方繁衍出来许许多多的萤火虫。流经那里的鼬川，也成了一条又深邃又美丽的河川。总之，数都数不清的萤火虫呢！像大雪纷飞一般，左右都是萤火虫啊！"

龙夫无数次缠着说起话来比手画脚的银藏爷爷，百般央求他讲萤火虫的事。

"这里没有人知道，没有人曾经看到过那么大群的萤火虫。"

"爷爷看过吗？"

当年幼的龙夫提出这个问题时，银藏爷爷便以很认真的表情回答：

"看过看过，看过哩！就那一次，把我吓得以为是什么妖怪呢！就算是喝醉怎么的，也全都吓醒了。"

"带我去，带龙夫去看！"

"这个嘛，不行不行，这个不是常常可以看见的。如果不是四月还下大雪、冬季很长的年头，萤火虫是不会大量繁生的。"

"四月下雪的话就可以？"

"嗯，不过不是那种普通的雪。非得是大雪，让眼睛都睁不开的大雪才可以啊！"

龙夫听银藏爷爷说起这个萤火虫的故事业已五年，这些年来却都不曾遇到过四月下大雪的情形。今天吃完早餐后，龙夫便慌慌张张地朝八人町银藏爷爷的工作间跑去。刚完成一件工作的银藏爷爷正在研磨刨刀的刃面。他是个已经七十五岁的门窗师傅。

"下大雪了呢！银藏爷爷，四月里下大雪了！"

"哦，雪下得真大……"

"今年怎么样？今年萤火虫会出来吧？"

银藏咻的一声站起身来，推开小吊门，望着铅灰色的天空。从小吊门吹进来的风将工作间的木屑吹得四处飞舞。

"这个嘛……如果会出来的话，大概就在今年了。"

龙夫的脸颊、脖子因兴奋涨得通红。早在小学时，他就和英子约定好，如果真有这一天，两个人要一起去赏萤。

龙夫将脸伸到小吊门外，依恋地眺望着雪景，银藏敲敲他的肩膀说：

"快关起来，好冷啊！"

回过头来，龙夫的视线正好落在银藏爷爷剪得又短又整齐的白头发上。不知何时，龙夫已经长得比银藏爷爷高了。自从正月见面之后，龙夫已有很长一段时间不曾到银藏爷爷的工作间来玩了。

"你爸爸最近情形如何？"

银藏爷爷问。

"不好也不坏。"

"你应该多陪陪你爸爸。"

银藏爷爷一边在炭炉上烤饼,一边以柔和的目光看着龙夫。

"嗯……"

"阿重口头上老挂着'儿子没二十岁之前,我绝对不能死'这句话。"

事实上,龙夫的确刻意避开父亲,他讨厌又老又憔悴的父亲。炭炉中迸出的火花,像是无数的萤火虫,在龙夫面前飞舞。龙夫用手将饼翻过面,勉强笑着说:

"我爸爸不会死的。"

"是啊!不会死的。他是说要等儿子长大了、幸福过日子后才死的嘛。"

龙夫心想,等自己长大,还得等上一段漫长又无尽头的时间。

"银藏爷爷,不管萤火虫是不是一大群地出现,今年一定要带我去赏萤。就算一只都不出来也无所谓,你一定要带我去赏萤。"

"好好好!一定带你去。如果没有实现和阿龙之间的约定,我这个银藏爷爷会遭天打雷劈。"

离开银藏爷爷的工作间后,龙夫从八人町往西町方向走去。他打算从西町搭电车到医院去。

积雪形成一道微陡的斜坡,恰可供孩子们在上面滑雪。孩子们将竹子剖成两半,做成简单的滑雪板,在雪坡上嬉戏。念小学时，龙夫也曾在冬天这么做过，直到有一次滑倒造成脑震荡，才停止这种游戏。

在商店街之前，突然听到有人叫唤，是关根圭太。龙夫不知不觉间走过了关根家门口，关根从二楼的窗户探出脸来不断挥着手。

"你要去哪里？"

"医院。"

"上来一下吧！"

关根家开西服店，一整天都响着缝纫机的声音，龙夫不太喜欢上关根家的二楼。

但是，当关根戴着深度眼镜的父亲从店里笑着向他招手时，他只好进入店里。

"你爸爸的情形怎么样了？"

关根的父亲问道。他一如往日那样穿着西装背心，头上绑着手巾，脖子上挂着一根布尺。由于关根的父亲一边耳朵有重听，龙夫便提高声量，将父亲的情形说明一遍，他点点头，将眼镜往上推。

"阿龙也要参加县立高中入学考试吗？"

龙夫还未决定考不考。他很怀疑自己是否能考上，但父亲那一句"不要再指望我了"，反而激起了他发奋求学的斗志。

关根的父亲笑着说圭太很用功，接着又压低嗓门暧昧地低语：

“我知道，那小子用功是有歪念头的，不知什么时候情窦初开，真拿他没办法……”

自从两年前关根的母亲病逝后，父子俩便相依为命过日子。当时龙夫也和千代一起参加葬礼，出殡时关根的父亲突然靠着棺木放声大哭，毫不顾忌他人，矮小的身躯悲恸逾恒，那情景龙夫至今还记得很清楚。

“我是想让那家伙毕业后就开始学习裁缝，早一点成为一个出色的师傅比较好。”

关根从二楼走下来，抬抬下巴示意龙夫上楼去，两个人沿着狭窄的楼梯一起往上爬。

“我爸爸跟你说什么？”

“他说你很用功。”

“我爸爸反对我上高中。说什么从事西服剪裁才能成为有教养的人。他啊，根本没有教养。”

话才说完，关根的父亲即在下头叫嚷着：

“什么教不教养，你真正的居心是什么我最清楚不过了！”

圭太连忙把隔扇门关上。

“真奇怪，这种事情他倒听得清清楚楚，不是只有一只耳朵听得见吗？”

龙夫觉得圭太愤慨的脸孔看起来很可笑。

“没——有——教——养！”

圭太皱着眉指着楼下又说了一遍。这下龙夫再也忍不住，笑着倒在榻榻米上打滚。

"什么事那么好笑？"

圭太一脸愕然，坐在椅子上打量着龙夫。过了一会儿，突然想起什么事似的打开抽屉，拿出一个小箱子。

"不可以对别人说哦！"

箱子里有一张相片，圭太将相片递给龙夫，是一张英子站在樱花树下微笑的相片。

"这个是怎么回事？"

圭太笑而不答。

"英子给的？"

经过龙夫再度逼问，圭太傻傻地笑着点点头。

"真的是英子给你的？"

"是真的，这是英子在富山城拍的相片，前不久才送给我的，我的努力终于有了回报。"

"哼……"

龙夫再度端详着手中的相片。相片中的英子看起来似乎比本人更早熟、更美。圭太从龙夫手中取回相片，喃喃自语道，不要弄脏了、不要弄脏了，又把相片放入箱子里。

"你骗人，英子怎么会把相片送给你？"

龙夫郑重其事地对圭太说道。

"你这样一直盯着人家的脸看，还说一些没有礼貌的话，这对我可是种侮辱。"

"……我说话并没有特别盯着你的脸看啊！"

"算了算了……对了，阿龙，英子真的很漂亮！你是不是也这么认为？"

"嗯……英子是真的很漂亮。"

在这个时候，如果圭太问的是"你是不是也喜欢英子"，龙夫一定会坦白回答"喜欢"。

尽管关根的父亲再三挽留他多待一会儿，但龙夫还是急急忙忙地告辞了，也没去搭市营电车，而是踩在漫长的雪路上，一步步朝父亲的医院走去，内心想着，待这场雪融化后就是春天了，自己将升上初中三年级，一定要好好用功读书。一念及此，一股莫名高昂的情绪油然而生。龙夫加快脚步，昂然向前走去。

雪势忽而变小，忽而转大，丝毫不见有歇止的模样。路上行人无不披着被雪花染白了的外套，弓着身子急急忙忙地赶路。

龙夫边走边踢着雪，打从出生以来，第一次憎恨起郁郁闷闷下个不停的大雪来。强风挟着雪花四散飞舞，像烟雾一般，不停地落在龙夫的脸庞上和胸前。但一想到降落在遥远的鼬川上游的一大群萤火虫变成绚烂的童话美景，龙夫不由得心头为之一暖。

樱

　　一醒来，龙夫就听到枕边传来河水流动的声响。真的
是春天来临了。大约从现在到五月中旬这短短的时间内，
鼬川的水量都会很丰沛，但是唯独今年，龙夫从鼬川奔流
的水声中听到某种特别的声音。那种声音就好像是某种东
西崩开、很轻微很轻微的声音。

　　就像在冬夜里，龙夫也曾感受到雪花静静地飘落下来。
他聆听着水声，同时又想起雪花飘落的声音，觉得体内升
起一股刺痒。龙夫又假寐了一会儿。

　　今天是星期天，龙夫得到高冈市找一位父亲的朋友、
叫大森龟太郎的人。他要去把一张期票换成现金。本来千
代告知，星期天将要亲自过去拜访，却被对方拦住话头，
另外指定龙夫前去。

　　按千代所言，只是去拿钱就可以，龙夫才不得不勉勉
强强答应，但内心还是觉得忐忑不安。这个素未谋面叫大

森的男人，为什么非特别指定自己前往不可？

"快起来哟！否则就要迟到了。"

千代把龙夫的棉被掀起来。龙夫这才慢吞吞地爬起身来，汲井水来洗脸。龙夫觉得自己的鼻子似乎比以前大了一点，用手指摸了又摸，觉得鼻翼与鼻梁也比以前坚挺。当他说起这事，千代笑着捏捏龙夫的鼻子。

"上一次你说乳头硬硬地发痛，说得像个女孩子似的，这一次换到鼻子了？"

千代说完后，接着一再嘱咐龙夫举止要有礼貌、应对要得体等等。

千代与龙夫一起从雪见桥搭市营电车到富山车站，千代为龙夫买了张到高冈的车票。扩音器中响起前往大阪、东京开车时刻的站员广播。适逢星期天，车站里人潮拥挤。虽然前往高冈市只要一个小时左右，但龙夫仍觉得好像要到一个远得要命的地方，心里十分紧张。

"钱要包在里面，用手紧紧握住。"

千代将包袱巾塞进龙夫学生服的口袋里，对龙夫正色说道。

"你爸爸说不定还可以支持一年。这笔钱是要付给医院以及将来你上高中的费用。如果大森先生问起，你就老实这么跟他说。"

"嗯！……"

"以后妈妈会出去工作，你不用担心。妈妈非常喜欢工作的。"

"嗯！……"

独自一人搭乘火车至高冈办重要事情而引起的恐慌，因母亲一反常态的模样一扫而空。在龙夫的印象中，母亲从不曾以这般果断的口吻谈论事情。

晌午过后不久，龙夫抵达了高冈市，依照母亲画的地图，由车站往西边走。风很大，在春天的骄阳下吹得沙尘满街飞舞。

龙夫马上就找到大森家。走到商店街尽头往左转，眼前便出现一户黑板墙的房子，屋顶挂了一块写着"大森商会"的招牌。龙夫推开玻璃门打声招呼，一名男子从隔开公司与内室的大布帘后探出脸来。

"远道而来，欢迎欢迎！"

大森将龙夫引至公司一角的接待室。室内有一具漆黑发亮的铠甲摆饰在大玻璃橱柜中。

大森龟太郎有着两道粗浓的眉毛，细细的眼睛好像被硬嵌在眉毛与嘴唇之间，连根头发都没有的光头上泛着桃红的光泽。口中不断重复说着"远道而来，欢迎欢迎"的大森，盯着龙夫猛看，最后终于一解严肃的表情笑着说：

"跟你父亲长得真像！"

可是，龙夫还是觉得手足无措。在这种场合，他不知道该说些什么才好，于是便从口袋中抽出放有期票的信封递给大森。

“我已经听你母亲说过了。”

大森说着又把信封原封不动地推回给龙夫。

“这张无法换钱的废纸，你还是带回去吧。”

龙夫不知道该怎么办，只有保持沉默。虽然母亲教过要老实地告诉大森先生有关这笔钱的用途，但龙夫就是无法好好地说出口。

在铠甲侧面的墙壁上挂着一个大约有龙夫身高那么高的壁钟，壁钟上刻着一排涂金漆的文字——“开张大吉　水岛重龙”。

“哦，这是我开始在这儿做生意时，你父亲送来的贺礼。那是在你出生前很久以前的事啦。”

大森大声说完这些话后，音量突然又变小。

“不必特意用一张纸来换钱，干脆我就借给你们所需要的数目。意思就是，我把它当作借给你的钱。”

龙夫不太了解大森话中的含意，一心只想快一点回家。大森进去内室一会儿，又拿着自来水笔与便笺走回来，接着从保险柜中拿出钱来。

“算是我借给你的，这样可以吗？”

泪水从龙夫眼中溢出，既不是高兴，更不是悲哀。龙夫努力噙住泪水，问道：

“等我长大后再还可以吗？”

“哎呀，可以可以！等你长大后会赚钱了，再还就可以了。等你有能力还钱时，要是我死了，那就不用还了。

只是你要记住一件事，今天是你向我借钱，这一点不要搞错。"

大森写好两份借据，另以大字加注一项"但书"，言明这笔款项无利息、无偿还期限、贷方死亡时借贷关系便终止，然后盖上自己的印章。龙夫遵照大森所言签上自己的名字，又以大拇指按捺印泥，盖上手印。

"小小年纪却有勇气独自来找我，真难得。多待一会儿，反正今天内人跟店里一伙人赏花去了，凡事不用太拘束。"

大森说着说着，将话题转到龙夫父亲身上。

"水岛重龙曾经到达一个不知该说是伟大还是恐怖的巅峰状态，可惜的是，从某一个时期开始，突然间命运之神不再眷顾。他脑筋好、心胸宽广，以一个凡人来说，他实在是一个非常好的人，只是好运突然不再。讲起'命运'这玩意，实在令人思之不寒而栗，以你现在这个年龄是无法理解的。正是'命运'这个东西使人或贤或愚。"

大森喃喃说着"我和你父亲是在像你这个年纪时就认识了"，同时走进内室。龙夫看着桌上的借据，又看看自己染得红红的大拇指。

"你看这个，这是我和你父亲。"

折回来的大森把一张发黄的相片递给龙夫看。两个年轻人搭着肩并排坐在樱花树下，其中一人戴着帽子、打着绑腿、穿着军靴，另一人头上绑着毛巾、赤裸着上半身。

大森指着那个上半身赤裸的年轻人说：

"这就是你父亲，那时才十八岁。"

"哦……"

龙夫仔细端详着那个光头的年轻人，容貌的确和自己十分神似。十八岁的父亲皱着眉，似乎嫌春光太耀眼，白皙的肌肤散发着青春的光辉。而同样是十八岁的大森，浓眉下的双眼则盯着镜头。

大森低喟一声，压低声说：

"这是我们俩初次召妓玩了一整夜后，第二天拍的相片。"

大森似乎想继续说下去，但就此噤口不言，抿着嘴，眼睛直直地看着相片。

过后不久龙夫就告辞了。大森送龙夫至车站，还在商店买巧克力给龙夫，而后突然郑重说道"后会有期"，一边还大幅弯腰鞠躬致意。龙夫也道了声"再见"，鞠躬答礼，慌忙中头上的学生帽掉落地面。

富山城的樱花开了七成左右，混浊淤滞的护城河却为水底的水草辉映出一片青绿。

千代离开报社的大楼后，步行至富山城城门前，而后停下来休息一会儿。因为得知报社员工食堂正在招募厨娘，千代便前往接受面试。但是就算被录用了，千代也担心自己是否能去工作。

重龙十天前又再度中风，这一次不仅是右手，连右脚的机能也丧失了。在这之前好歹还能够一个人去上厕所，再度中风造成右半身完全无法动弹，如此一来势必得要有个人时时在旁边照料。千代既没有多余的钱请看护，也没办法一天二十四小时都随侍在旁。

债主们虽未到医院来逼债，但也三天两头便蜂拥至家中催讨，喧嚷的音量之大，连附近住家都听得到。其中还有两三个自称"专门讨债的"，故意挑半夜前来，大声威吓千代偿还债务。

尽快要把房子和土地以及坐落在车站前的公司变卖，就是要全都拿去还庞大的债务。再说还有一家人每天的生活费迫在眉睫。但是重龙如今卧病在床，使千代陷入了必须工作又工作不得的状态。

千代渡过护城河，钻过城门，在碎石子路上漫步行走。一群要到护城河钓鱼的孩子快步跑过千代身旁，樱花树下处处传来一家人以及年轻男女喧哗的欢笑声。

天守阁屋脊的瓦片在灰暗的天空下闪烁着奇妙的光泽。千代在一棵古老的樱花树下坐下来，偏巧从这个地方可以看见一位三十来岁穿着和服的女人，独自茫然地站在城门石墙下的阴影处，似乎在等人的样子。那名女子的脸上充满略微焦躁的神情，看来应该等了很久。千代看着，深深地叹了一口气，而后便隔着时而飘落的樱花花瓣一直凝望那名女子。从千代所坐的地方看去，虽然无法很清楚地辨别出来，但是依稀可见那名女子的外褂上似乎是水仙花的图案，在多云的天空下淡淡浮现出成排的黄色花朵，冷不防地沁入千代的心中。

十五年前的冬天，千代在富山车站的候车室等候重龙。约定的时间早就过了，千代几次想起身回去，可又迟迟无法下定决心。千代心里很明白，一旦自己就此回去，以重龙的个性是不可能追来的。

千代踱出候车室，走至检票口看着停在月台边的列车。所有来自福井方面较晚进站的火车车顶都积着一层厚厚的雪。连车厢、玻璃窗上也满覆着雪。这景象不啻言明在遥远的彼方大风雪肆虐的威力。

数名女子担着大件的行李走入检票口，接着是两三名貌似复员兵的男子裹着厚厚的外套快步走过去。车站某处传出孩子的哭泣声。

暗淡的月台上湿答答的，到处都有雪块吧嗒吧嗒地掉下来。千代看看表，就在这时肩膀被人用力拍了一下。水岛重龙一脸怒容地站在后面。

"在候车室看不到你，还以为你已经回去了。"

已经买好了到新潟的车票，但千代头一回摆出了撒娇的态度央求着要去越前，重龙倒也一口应允改变行程。

火车果然在大圣寺之前就停了下来。由于风雪太大，火车什么时候可以再往前行，完全无法预料。火车停下来后，车厢内暖气的温度节节下降，反而是前座传来的鱼腥味愈来愈浓。那名小贩模样的女人身着工作裙裤，防水靴上黏着无数的鱼鳞片。

"冷吗？"

重龙在千代耳旁低声问。千代答说腿有点冷，重龙便从网架子上取下自己的外套，盖在她的膝盖上。

这件茶绿色的纯毛外套，色泽异常鲜艳，任谁见了都会多看两眼，却和重龙精壮的体格与眼角细长、目光锐利的双眼很不相称。重龙毫不腼腆地把这么一件华丽的外套穿在身上，或许千代就是被这股创业家傲然的气势迷住了，连重龙年龄大得足以做自己父亲一事也忘记了。

注意到穿着和服的女子朝自己这个方向走来，千代猛然回过神来。不远处站着一名二十四五岁的男子，脸色很难看。女子走过千代的面前，对男子说：

"没办法啊！孩子在发烧……"

那名男子脱下西装外套交给女子，从胸前口袋中拿出领带来系上。

那名女子的只言片语令千代深感悲哀，站起身来走回原路。一名赏花的游客正在高歌。酒宴过后的席子上一片狼藉，还有个小婴儿躺在席子上哭泣着。千代加快步伐。婴儿的哭声教人心烦。千代与重龙那一夜搭乘的火车上也有婴儿在哭。

那天火车停了近四十分钟又启动，在大雪覆盖的原野上缓缓前进，这一次则是从车厢后面响起婴儿的哭声。

每当车厢摇动，那名女子的防水靴上黏着的鳞片便反射出刺眼的光。凝望着闪闪的光芒，千代没来由地联想起数年前与自己分离的孩子那细细的脖子，又猛然坐直了身子。这一动，罩在膝盖上的重龙的外套便滑了下去。

"今晚就住在福井，明天再去越前岬。这样安排好吗？"

虽然自己说过想去越前，但不记得曾指定要去越前岬，千代因而暗地里偷觑重龙脸上的表情。重龙望着窗外，表情清晰地映在玻璃窗上。重龙就这样牢牢地注视着千代，千代也借着玻璃窗与重龙对眼相望。一刹那间，原先对重龙那份暧昧不明的感情，明确地化作恋情在千代心中生根。

当天夜里停宿在福井市内，重龙一改往日的模样，很少开口说话。

用完餐后，千代坐在被炉的另一端，时而听着雪片随着风势强力撞击屋脊、墙壁或是玻璃窗的声音，重龙低唱着天色暗了。

"叫个艺伎来吧……"

千代满心不愿意，但重龙还是拍拍手叫掌柜来。掌柜笑着解释道，已经太晚了，现在来的都是没有技艺在身、专门只做那种事的。

掌柜退下去后不久又转回头来补充说，若是不嫌弃的话，倒是有个女的，可以弹弹三弦琴来解解闷。

"好吧！叫她来弹！"

重龙边说边伸手握住千代伸在被炉内的脚踝。

一名近五十岁、个子矮小的妇人在掌柜的引领下走进房间来，两眼都瞎了，眼睛浑浊而泛白，和一般越前人称弹三弦琴行乞的盲女，似乎不是同类。

妇人默默颔首示意，而后稍稍仰起脸，朝着天花板停顿了一会儿。千代觉得她似乎在闻着什么味道似的，心里一直平静不下来。

女子用跟她外貌殊不相当的激烈手势拨弄三弦琴，短短一曲弹罢后问：

"要不要唱首歌？"

"不用，唱歌免了，随你爱弹什么就弹来听……对了，刚刚吩咐的酒应该好了吧？"

掌柜退下后，女子深呼吸数次以调整气息，而后又舔舔拨子的尾端，这才再度狂热地弹动三弦琴，音色之清脆令人油然生畏。不知不觉中，千代整个人被盲女所演奏的低沉强力旋律吸引住。连重龙也维持原先握住千代足踝的姿势，凝目看着盲女的拨子。

一直到夜半掌柜来接人之前，盲女始终不停地弹着三弦琴。数道汗水沿着脸庞而下，流进脖子里，盲女忙着用拨子拨弄三弦，嘴唇还微微嗫嚅着。看在千代眼中，盲女似乎不停喃喃念着"还没还没，还有还有"。电灯昏黄的光线随着三弦的琴音愈发黯淡下来。一滴透明的东西缓缓转变成铅色——随着盲女手势一挥一挥的，就好像越前海水的水滴一般，变成了黯淡又冰冷的物体，使得这个房间原本就令人冷得打颤的空气愈发寒冷起来。

"战争结束后还是第一次弹得这么尽兴！"

盲女说道。重龙把钱递给她，并且清楚告诉她金额是多少。

"你不用再给掌柜介绍费了。"

掌柜来接盲女时，重龙另外给了他一笔赏钱。

翌日，两个人来到越前岬。随着时间一分一秒过去，天空与大海的颜色逐渐变暗，最后究竟何处才是分界线已经分不出来了。雪花也逆卷着朝天空飞去。

"为什么要到这种地方来？"

千代用围巾围住脸庞，凑在重龙耳边嗤嗤笑着说：

"什么嘛！人家根本没有说想来啊！"

"你不是说想到越前岬吗？"

"什么嘛！人家是说想到越前啦！"

海岸边屋脊处耸起高高雪檐、覆盖斑驳雪花的民家并排竖立着。而在风雪交加之中，这些黑压压的民家静寂无声。

千代从海涛声中听见三弦琴音，还误以为自己听错了，是不是海鸣？或者是推波逐浪的风声偶然之间造出类似的声音……

说起听见三弦琴音一事，重龙也说：

"哦！我也真的听见了。"

两个人默默看着大海。

"好壮观的海啊……"

重龙始终在一旁伫立着，眼中泛着昨夜倾听盲女弹三弦时的那种又寂寞又好似仔细凝视着某种东西的光辉。

"水仙花开了。"

千代雀跃万分地说，忘了曾听谁说过这件事。

"水仙花开了，就在这一带……而且还是在冬天开花呢！"

千代边说边探视着海边，可是连一瓣小小的花朵也没看见。

鹅毛大雪从天空飘落下来，两个人弓着身子离开海边。

两个月后，千代知道自己有了身孕。她想不太起来当时自己到底抱持着什么样的想法，只记得对于一个舍弃妻子、舍弃房屋宅地执意要成为自己丈夫的五十二岁男子，有股类似恐惧的感觉。一个抛弃孩子也要与丈夫分手的女子最终竟然嫁给了舍弃妻子也要成为孩子父亲的男子。

千代沉浸在回忆中，先是想起在酒家工作那一段期间难以想象的空虚与寂寞，接着又想起当时的自己是否真的对重龙毫无所求。有时候，千代常会想起那一次两个人在越前岬的对话。

"你不是说想到越前岬吗？"

"什么嘛！人家是说想到越前啦！"

接下来，千代又想起两个人都听见三弦琴渺远的琴声，随越前的茫茫大海与逆卷的鹅毛大雪传来。

下雨了，飘落的樱花黏附在淋湿的脸庞上。花瓣不再是殷红的颜色，而是略显脏污。赏花的游客中有一些人已经卷起席子跑开躲雨去了。千代也以小跑步赶到市营电车站。

千代回过头一看，方才那名女子也与男子一起跑过来。两个人与千代搭乘同一班市营电车，喘着气坐在千代旁边。千代悄悄瞥了一眼。那名女子身上穿的外褂跟和服虽然都是上等的质料，但一眼便可看出已下水洗过无数次，身上虽无一丝风尘味，却散发着一股落魄的气息。千代还是第一次这么注意一个才打个照面的陌生人。

那女子猛然察觉到千代注视着自己，就在两个人视线交接的瞬间，不约而同又转过眼去。千代愈发觉得发慌。想起大森并没有回答愿不愿意将期票贴现，心里头突然不安起来。

千代在富山车站下车。原本打算不管花几个小时都要在车站等到龙夫回来，但眼前又浮现重龙待在狭小的病房内一直等待自己的光景。千代无法安坐下去，在检票口前走来走去。还不到一个小时，雨停了，千代看见龙夫混在数名乘客之中，从月台那一侧走过来。龙夫一认出千代，便举起紫色的包袱巾笑着跑过来。

"等一会儿要不要去钓鱼？神通川有个很棒的地方。"龙夫接到这么一张小纸条，转过头一看，关根圭太用教科书遮住自己的脸以防被老师看见，正朝着自己挤眉弄眼。今天是星期六，学校只上课至中午。

龙夫一走出校门，关根便骑着单车赶上来。

"不去吗？"

"嗯。今天有事。"

"什么事？"

"跟你没有关系。"

关根骑着单车，在一直往前走的龙夫身旁兜圈子。

"你在生什么气？"

"没有！我没有为任何事生气啊……你去念书吧。"

关根下了单车，与龙夫并排前行，后座上夹着钓鱼竿。

"我爸爸不让我上高中，他要我毕业后就到金泽去。"

"金泽？……"

"嗯。我爸爸有个朋友在金泽开西服店，在那里大概三年就可以学会剪裁的功夫。就为了这件事，昨天夜里还吵了一架！我爸爸那个人，真是没教养，还真的用脚踢我的屁股，当然我也还了一记漂亮的'上手掷'①！"

_____

① 相扑用语，以手提高对方裤腰处，用力摔出去。

"哦！……"

"所以呢，我今天不回家啦！我这么说了。这是一点小小的反抗哟！也是给那些动不动就踢人屁股的人一点惩罚。"

之后关根从书包中取出一个小匣子递到龙夫鼻前，就是那个装着英子相片的匣子。

"这个给你，英子的相片！"

"为什么……"

"我看你嫉妒啊！因为我手上有英子的相片……"

"哪有？我才没有嫉妒！"

龙夫连忙否定，但也知道现在自己脸涨得通红。关根露齿而笑，悄声地说：

"实际上这不是英子给的，是我偷的。"

"偷的？……"

"不要跟别人说哦！有一次轮到我值日扫地，所以留得很晚，发现英子抽屉里有一本忘记带回家的记事本，翻看记事本时发现里头夹了这张相片，所以才瞒着她自行拿走了。"

"这样一来，不就成了小偷了？你不觉得很可笑吗？"

"是啊！可是你冷静想一想，英子是不可能送我相片的啊！"

关根瞄了一眼正在发笑的龙夫又说：

"你老实回答，我就把这张相片给你。你喜欢英子，对不对？"

龙夫默不说话，关根轻轻敲一下龙夫的脑袋。

"要不要英子的相片？喏！不想要吗？只要你说想要，我就真的给你。"

"我想要……"

"你喜欢英子，对不对？"

龙夫瞧瞧小匣子点点头，关根立即把匣子递给龙夫。打开一看，英子的相片确实在里头。

龙夫问关根：

"为什么要送给我呢？"

"为了友情啊……今后你跟我会一直是朋友，一直一直到长大成人还会是真正的朋友，对不对？"

"嗯！……"

龙夫突然觉得很不好意思，朝着凝视别处的关根点点头。可是尽管关根再三邀约一起去钓鱼，龙夫还是得去医院和母亲换班照顾父亲。

"好吧。那我就一个人去了。我发现神通川旁边有一个神秘的钓鱼场呢！"

"神秘的钓鱼场？在哪里？"

"没有人知道。下一次再告诉你。"

龙夫目送关根吃力地踩着单车离去的背影。直到关根的身影完全看不见了，他才打开小匣子的盖子，一边望着英子的相片，一边走到市营电车站。

躺在床上无法起身的重龙，不仅身体外表的机能有障碍，身体内部更为显著地衰退。第二次中风时重龙突然得了"失语症"，无法像常人般说话。医生说这种情形会愈来愈严重，很难再恢复昔日的模样。

当天夜里，龙夫坐在病房的角落，对着无法开口的父亲说话。当他说到大森把父亲年轻的相片拿给他看时，重龙只是扭曲着脸孔笑了起来。龙夫也不知道自己说的话，父亲是否真能理解，反正就是一五一十地认真说下去。

"银藏爷爷答应要带我去看萤火虫。数目惊人、一大群的萤火虫喔！可是萤火虫什么时候会出现呢？"

重龙张开口，一心想探索适当的言辞似的，不久又凝视着龙夫的眼睛说：

"好了……"

"好了？"

龙夫心想是不是叫我可以回家去了。但是，重龙忽然用左手抓住龙夫的裤腰带。

"可以回去了吗？"

重龙摇摇头，表示否定，接着又陷入沉思中。龙夫看着重龙这个模样，感觉到一种莫名的恐惧。

"我要去看萤火虫。在鼬川上游，萤火虫像雪花一样飞舞着……"

"萤火虫……萤火虫在川边……"

重龙努力地吐出这几句话。

"萤火虫像雪花一样飞舞着。"

"雪花、萤火虫……雪花、萤火虫!"

重龙微笑的双目中渗出泪水,他就保持着这副又哭又笑的表情不断重复着同一句话。

"雪花、萤火虫……雪花、萤火虫!"

龙夫站起身来,想把父亲的手指从裤腰带上拉开,但是,也不知从哪里生出的力道,重龙的手指就是紧紧地抓住龙夫的裤腰带,还一下子哭了起来,就像小孩子般,一面哭一面挪近龙夫身旁,脸孔还在龙夫的腹部磨蹭。

龙夫害怕极了,只想赶快从紧紧搂住自己、弯着身不停哭泣的父亲身边逃走。

龙夫便撒谎说:

"我还有功课要做……妈妈等一下就会来,我必须回去了。"

说完便按着父亲的手腕,借力抽离腰身。重龙终于松开手指。

下了市营电车后,龙夫站在雪见桥畔,看着鼬川的夜色。在皎洁的月光下,确实有着什么东西闪烁着,而且在河边草丛暗处延伸出一道长长的带状微光。虽说现在还不是萤火虫出来的季节,可龙夫依然连忙摸索着走下草丛,膝盖以下立即为夜露濡湿。河边什么东西也没有。光的恶作剧欺骗了龙夫——看到的不过是浅浅的溪水沐浴在月华下反射出的亮光罢了。

龙夫在河边站了很久很久，看了看河川的上游，与桥墩下同样也闪烁着的黄色亮光。突然间，父亲哭泣的脸孔与大森那一句"命运这玩意令人思之不寒而栗"的话，重重地压上心头。

第二天，住在附近的班上同学跑来通知龙夫，关根圭太在神通川溺死的消息。这名同学一大早经由老师知会而得知这件事后，便挨家挨户地去通知班上其他同学。说完明天中午举行葬礼后，便急忙赶回去了。

"骗人的，骗人的！"

龙夫用颤抖的手打开单车上的锁，朝关根家骑去。只见店面玻璃上贴着一张纸，上面写着"忌"字，很多人进进出出的。入口处站着班上一名同学，龙夫便走到他身旁。

"关根真的死了？"

同学默默点头。

"怎么死的？"

"报纸上有报道，说是浮在神通川横向的水渠上。"

"水渠？"

"嗯！说是一个人去钓鱼，不小心掉下去的吧……由于没有别人看见，实际情形也不清楚。报纸上是这么写的。"

龙夫也知道那条引入神通川河水的很深的水渠。他心想，那或许就是关根所说的秘密钓鱼场吧！

龙夫回到家中，猛灌了一肚子的井水，而后便躲进壁橱里。为什么这么做，自己也不明白。他关上隔扇门，将身子蜷缩在狭小的壁橱内，盯着从隙缝间透进来的光线。

一直一直到长大成人还会是真正的朋友……龙夫觉得关根的声音似乎从黑暗中传来，心想，若是自己也一起去钓鱼的话，关根也许就不会死吧？此刻龙夫脑海里正浮现关根左右扭动着身子、拼命踩着旧自行车朝路的另一头渐去渐远的背影。龙夫就像丢了魂似的一动也不动，一直坐在壁橱中，而家中除了自己，没别人在。

大约过了十天左右，镇上开始传出有关关根父亲的流言。据说关根的父亲一看到人就露出恐怖的眼神，一边还咒骂"没有教养"这句话。

一开始发现情况不对的，是来店里定做衣服的客人。关根的父亲工作时依然还是那副没精打采、憔悴万分的老样子。但是当客人提出稍微困难一点的要求时，他便翻着白眼一直瞪着客人，大叫"你没有教养"，还把手中的量尺朝客人掷去。

附近的邻居听到了流言，前去探望，发现关根的父亲面对工作室的墙壁坐着不动，时而喃喃念着"没有教养"这句话，很明显的，精神确有异常的现象。

"没有教养"——这一阵子龙夫的班上十分流行这句话，每当有人答不出老师的问题或是忘了带东西，一定会有某个同学指着当事人，大声嘲笑他"没有教养"。但龙夫从不曾加入起哄的行列。

直等到晚开的樱花散尽，再也说不上是属于春天的阳光开始照耀这块北陆的大街小巷，龙夫骑着单车往神通川河畔，一直骑到关根圭太尸体浮起的水渠。龙夫俯视着被黑色水藻覆盖得满满的水渠，只见多得令人不由得惊叫的鱼儿游来游去。

龙夫在水渠旁坐下来，取出关根送他的英子的相片。这个小匣子里除了英子的相片外，还折叠放着他与大森龟太郎之间约定的借据。

龙夫把匣子放在草丛上，躺下身子，而后便目不转睛地看着相片中的英子。英子的笑容即使拿出来端详多少遍也不会腻。就算在笑的时候，英子的嘴唇还是那么丰满，显得万分温柔。要是关根的话，一定会正式向英子提出一起去观赏萤火虫吧！英子的相片也好，大森拿出来给自己看的父亲年轻的相片也罢，同样都是在樱花树下拍摄的，想起来实在不可思议。

漂浮在水藻上的稻草上，停着一只蝴蝶，黑黄相间的细致斑纹在水渠的正中央随风摇曳。龙夫趴在水渠边缘，伸手去捕捉，差一点就捉到了，但是自己也差一点掉下去，他连忙改变自己的姿势，再次伸手去捕捉。那只蝴蝶像是僵死了一般，动也不动，可是不论龙夫怎么调整姿势，就是够不着它。

龙夫只得放弃捕捉的念头，站起身来，心中突然升起一股莫名的愤怒与悲哀。他认为就是眼前这只蝴蝶害死了关根圭太。龙夫瞄准蝴蝶丢出石头，蝴蝶贴着水面翩翩飞走。龙夫朝着飞去的方向喃喃念着"没有教养"，而后又再次躺在草地上，凝望着亮得耀眼的蓝天。飞翔在高高天际中的老鹰正优游地打着圈圈。

萤

在校园一角的洗手处，龙夫正凑着水龙头喝水时，头顶上方突然传来一个声音。龙夫扬起脸孔，只见班上一名女同学微笑着站在旁边。

"现在英子也在那边喝水哟。英子，一定很高兴……"

"干吗？不要乱说！"

龙夫任凭嘴上、下巴湿漉漉的，胡乱跑过校园，自己也不知道要跑到哪儿去，就因方才那位女同学出乎意料的一句话，脸孔涨得绯红。

开始上课后，龙夫数度偷看坐在窗边的英子。

待上完课，龙夫走出教室，在走廊叫住英子。

"银藏爷爷说要去观赏萤火虫，英子要不要一起去看呢？"

"是那个萤火虫吗？……"

英子记得银藏爷爷的话。

"他说今年一定会出来。银藏爷爷说，若是今年还不出来的话，什么时候会出来就不知道了。"

英子原本就是个话不多的女孩子。她将视线停留在龙夫肩膀附近，默默考虑着。自从上初中以来，这还是两个人第一次单独说话。

"什么时候去呢？"

"还不知道……大概春耕时就是萤火虫出来的时期吧！"

"那我问一下我妈妈。"

"你妈妈一定会说不可以。"

"哪会！……她不会这么说的。"

"英子想去吗？"

"嗯……我想去。"

比起同年龄的女孩子，英子并不很高，但有一阵子，她要比龙夫高很多。龙夫属于发育较迟的类型，可是现在两个人并排站在一起，才发现不知何时起龙夫竟然已比英子高了。

龙夫突然冲动地说出关根的事情。这位不久前从自己面前永远消失的朋友，和自己一样，不，或许比自己更加迷恋英子。

"关根有一张英子的相片！"

龙夫这么说，他确信英子应该不会因此责备关根。

"相片？……"

"嗯！他从英子的书桌偷来的。"

一如龙夫所预料，英子瞪大了眼睛，将视线转移至远方。龙夫想起关根圭太在阳光洒落的道路上踩着单车渐行渐远的最后的身影，再也无法对英子有所保留，将一切事情和盘托出。

"那张相片，关根送给我了。说是当作友情的纪念，关根就把相片给我了。"

这个时候，龙夫看见班上同学们从走廊那一头走过来，连忙对英子说道：

"要不要去看萤火虫？"

"嗯，去啊！我会拜托妈妈的。"

龙夫跑回教室后，教室里就一直传出龙夫回答他人问话时尖锐的嗓音。

下一堂课才刚开始不久，就有一名职员走进教室来，附在老师的耳边轻声说一些事情。随后老师便走到龙夫的座位前，低声说：

"你妈妈在校门口等你，你可以回去了……"

那一瞬间，龙夫第一个浮起的念头就是父亲死了。班上同学们全注视着龙夫走出教室。坐在窗边的英子脸色看起来有点苍白。

校园四周树上的新叶，在多云的天空下哗哗作响。唯独立山的灰色山巅在遥远的前方，像云朵般浮在天边。

"你爸爸的病情变严重了，医生说，就剩这一两天了。"

千代瞧着龙夫跑过来，连忙就说起来了。

母子俩步行至西町等候市营电车。戏院的招牌、百货店的垂帘在五彩缤纷的繁华街道上看起来分外辉煌夺目。

龙夫真希望就这样在这条繁华的街道上走着，永远也不要走到医院，心中不由得想着，若能悄悄地尾随素不相识的一家人身后，或是站在书店里边看书边留意书店老板的脸色，或是就坐在冷清的电影院内一边嚼着鱿鱼干、一边专心看着眼前的情节，那将是多么幸福的事啊！龙夫初次涌起这种不可思议的感觉。

搭上市营电车后，龙夫嘴闭得紧紧的，可是心中随着电车固定的震动不断喊着"父亲死了，父亲死了"，而后突然想起银藏爷爷说的那句话：

"等儿子长大了、幸福过日子后才死的嘛。"

龙夫将这句话，与在樱花树下赤裸着上半身、眯着眼跟朋友勾肩搭背的十八岁父亲的身影，联系在了一起。

市营电车以相当快的速度行进。龙夫拉着吊环的身子随着车体前后大幅摇动着，一边看着车窗外宁静的街道。对"死亡"与"幸福"这两件事莫名的不安，如今突然幻化成波涛般，在体内澎湃不已。龙夫竭力压抑，不让自己骤然狂叫出声。

五月的阳光软弱地射穿云层，洒落在家家户户的屋顶上。龙夫眼前不由自主地浮现出关根圭太那微微下垂的眼睛以及那又圆又大的鼻子。脑海中还出现一幅清晰的画面：关根全身缠满黑色的水藻，脸朝下，漂浮在深邃水渠的清澈水面上，那景象清晰得宛如亲眼瞧见一般。那只敛翅歇息在水面稻草上头的大蝴蝶一身精致斑斓的花纹，不知不觉中，与前不久额头微微冒汗地站着凝视龙夫肩头的英子身上传来的体味，随着市营电车剧烈震动，在龙夫脑海中交错浮现。

"你出生后……"

千代开口说道。平日不太有血色的脸颊，不知因何缘故泛起红潮，发着光。

"你爸爸戴着老花眼镜，一直端详着你的手掌、脚底，看个不停，还说，跟我的手相一模一样，这种像豆子般大小的脚，果真能穿上皮鞋走路吗？我是否能活着看到那一天呢……五十二岁才有第一个孩子，宠爱也没个节制，疼你疼得……"

"角力时，他绝不肯输给我。"

龙夫将脸孔倚在拉着吊环的手腕上说着。对于父亲为什么不肯输给自己一事虽觉得不可思议，但是他还是非常怀念那段父子俩无数次手臂交缠角力的日子。

"真的……他一次都不肯输。"

一位熟识的中年护士等在医院入口处。他是清晨起开始大声打鼾，之后便不曾再睁开眼睛。

护士以小跑步跑进病房，用力摇动陷于昏睡状态中的重龙双肩。

"我已经这样做了无数次……可是他一直没有清醒

过来。"

说完后再度摇动重龙的肩膀，并且在重龙的耳边叫唤。

"水岛先生，水岛先生，您太太来了，儿子也来了。"

仅仅一天之中，重龙消瘦的程度令人吃惊。就在这时，重龙微微睁开眼睛，护士惊叫一声，看着千代与龙夫。重龙扭曲着脸在哭，既未发出声音，也没有流下眼泪，只是竭尽全力，抽动着脸上的肌肉在哭。

千代紧紧握住重龙的手，将耳朵凑近重龙的嘴边。她觉得丈夫似乎一边哭泣一边在说些什么。

"春……"

重龙真的再次说出这个字后，便要再度昏睡过去。千代只觉得一股被绞榨净尽的痛楚迅速传遍全身，盈眶的泪水不停地流下来。千代紧紧搂住丈夫大声叫：

"不要担心，什么都不用担心！春枝现在生意做得很好，过得很幸福……孩子的爸，你可以不用担心！"

千代确信丈夫所说的那一个"春"字指的是已经离异的前妻。千代拭了又拭，泪水依然滴落至下颚。

第二天快中午时，坐在椅子上假寐了一会儿的龙夫，突然发现重龙已然过世了。因为千代也睡着了，以至于才这么一会儿，两个人都不知道重龙是何时断气的。

过了头七后的第二个星期天，龙夫家来了两位客人。一位是千代的哥哥，目前在大阪经营饭馆的喜三郎。

搭夜车一大早抵达富山的喜三郎，随即在重龙的遗像前焚香祷告。

"一直有事，抽不开身，无法来参加丧礼，这一点请你务必谅解。现在啊，我终于下定决心在心斋桥开店了。就是为了这件事忙个不停……你觉得如何？在心斋桥，没教你吃一惊吧？"

喜三郎说着便笑逐颜开。龙夫讨厌这位舅舅，因为在他圆滑的笑脸中，眼睛里总是毫无笑意。

喜三郎把自己的猎鸟帽戴在龙夫头上。

"才一会儿工夫没见面，就长这么大了！"

接着眼神环视了屋内一圈。

"这么一栋房子就此放弃未免太过可惜了吧！"

喜三郎说话的音调完全是大阪口音，但是尾音拖长、抑扬顿挫的方式仍不脱北方的乡音。或许是种习惯吧。喜三郎不断地眨着眼睛，而后问道：

"听说这栋房子也是用来偿还债务的吗？"

因为喜三郎声称尚未吃早餐，千代正在准备饭食。

"也抵押在内，光是那么一大笔借款，再怎么说，以这栋房子和办公室……"

"此正所谓的巧妇难为无米之炊啊！喏！这笔小小的借款就当奠仪来抵吧！"

千代瞅了兄长一眼。重龙倒下了，这么一笔小钱能派得上多大的用途呢？喜三郎说他车上一夜未合眼，一用完早餐，千代便帮他铺好被褥，不多久后便响起鼾声。

另一位客人在快中午时到访。看到站在玄关处那位略显老态的妇人那一瞬间，千代一眼就猜出她是重龙的前妻春枝。千代从不曾与春枝见过面。十五年前，春枝就坚拒与千代会面，而重龙本人也不愿两个人见面，当然千代也抱持着同样的想法。所以，重龙与春枝之间当时如何解决，千代一概不知情，重龙也从来不曾说起过。然而，千代很能明白作为一个妻子对于丈夫与其他女人有了孩子、又以此作为离异的借口，那种痛楚有多难受。

一如传闻中所言，春枝的生活毫无问题，从她染得墨黑、梳得有条不紊的挽髻，以及身上所穿的淡茶色和服便可见端倪。

"前天，才听人家说起你已经去世了。"

春枝凝视着重龙的遗像喃喃自语着："你真的死了吗？"

"穷得可怜地死了……我只说一句话，这是活该……这是报应……我来只为了说这一句话。"

春枝回过头，对千代展露出明朗的笑容。

"我不是为了对千代说这句话而来的，而是想对这个人说……"

千代本想说出重龙临死之际还念着前妻的名字，一听到这些话便闭口不言。千代觉得丈夫所指的不是春枝，事实上或许另指其他事情。在千代心目中，重龙是个常以言语表达自己心中所思，但绝非表明真正本意的人。

到底为什么重龙会和结缡二十载的发妻离异而和自己结婚呢？仅仅是为了当孩子的父亲吗？抑或是他真的爱上了自己？千代与春枝相向而坐，不断地思量着。

　　春枝从皮包中取出眼镜戴上，仔细打量着坐在一旁的龙夫。

　　"长大了呢……我和千代虽是第一次见面，可是和龙夫已经是第二次见面了呢。"

　　千代惊讶地看着笑吟吟的春枝。

　　"那个人说这事是瞒着千代你的。他曾经抱着两岁大的龙夫到金泽来给我看。"

　　千代万万想不到会有这种事。

　　"真有此事？"

　　"他还很开心地说'这是我的种'，真像个大傻瓜。后来我和他们父子俩在金泽车站前一起吃晚饭，就像真正的夫妇、真正的一家人一般，就在用餐的当儿，心中升起一股难以承受的悲哀……那一次他又给我一笔钱，跟离婚时给的赡养费数目相同，要我去做点什么生意，还教我去顶下已经歇业的旧旅馆重新经营。就是那个人的劝告，我才会开始经营现在的生意。他曾经说要再来看我，但我要求他不要再来。虽然这么说，但我认为他是那种还会再来的人，可是从那一次之后，他一次也没再来过……"

　　春枝将视线落在自己的手指甲上，喃喃自语道："真像是一场梦。"

"我已经六十三岁了。"

说毕，春枝便换上严峻的表情，隔着眼镜一直凝视着龙夫。

千代与龙夫一同送春枝到市营电车站。看着春枝始终默默凝视龙夫的神情，千代不知为什么愈来愈不愿意就此与重龙的前妻道别。就在千代想开口说些什么话的时候，电车来了。

"让龙夫送你到富山车站吧。"

千代迅速说出这句话，推了一下龙夫的背。

到了富山车站后，这一次换成春枝邀约龙夫一起至高冈。

"到高冈？……"

"太远了吗？"

"没关系。"

"要是快车的话就只是一站而已，送我到高冈吧！"

春枝明亮地笑着，强拉住龙夫的手腕。

当列车通过神通川时，春枝询问龙夫喜不喜欢读书。龙夫回答有时喜欢有时讨厌，春枝听了用力点点头，微笑不语。这就是龙夫与春枝从富山至高冈途中唯一比较正式的谈话内容，之后，春枝再也没说什么，仅仅是一直盯着龙夫而已。

列车到达高冈后，龙夫走下月台，然后走到春枝座位那边。春枝从窗口伸出双手，握住龙夫的手腕。她的整个脸庞都皱成一团，泣不成声地说：

"伯母有的东西全部都给你。生意算什么，钱算什么，这些东西算什么，全部都可以送给你……"

春枝一边哭，一边在纸条上写下自己的地址递给龙夫。车上的乘客还有月台上的人们都以讶异的神情看着龙夫与春枝。列车开动了，龙夫以小跑步跟着列车跑。

春枝不断叫着：

"一定要再见啊！一定要再见啊！"

那一天夜里，喜三郎劝千代母子俩搬去大阪。河边传来细微的虫鸣。

"我终于要在心斋桥开店了！知道的人都大吃一惊。再怎么说，从事接待客人的生意，最重要的还是地点。只要能得到地点，以后就全是自己的。我能有今天的局面，也真的是吃尽千辛万苦。"

据喜三郎说，一下子扩张成两家店，旧的店面还是需要有人负责掌管。

"我想把这事委托给千代，你以前在金泽也曾招呼过客人。有同样经验的人很多。但从另一方面来说，心性能让人了解、让人信任的，终究还得是自己的亲人才行……而现在最亲的不过就是我们兄妹俩，再加上我又没有子嗣，说轻松快活也可以说是轻松快活，要说没有精神也是没有精神。"

喜三郎又对迟迟难以下定决心的千代剖析事理。

"再说，当初我到大阪创业时，曾向重龙借过钱。钱是早就还清了，但我也想相对地尽份心意，还他的人情……仔细想想看，龙夫明年也得要上高中了，若是他本人有意思，或许还想念大学。可是，一个快五十岁的女人洗盘子又赚不了什么钱。不如来大阪，来我的店帮忙。我还供不起龙夫念高中、念大学吗？"

正为新开的店忙得晕头转向的喜三郎，非常需要一个好帮手为他照料旧的店面。

"我非常感谢哥哥的盛情，可是……"

"不论在什么地方生活都是一样的。要离开熟悉的地方的确让人舍不得，但大阪那儿可是个相当不错的地方哦。"

喜三郎也对龙夫说：

"放暑假时再搬过去吧。用功一点，一定可以考上大阪的高中。都市也许和乡下不同，由于一切的程度都较高，现在开始用功的话，赶不赶得上还不知道。反正一切全包在舅舅身上。好的私立高中多的是。龙夫，和妈妈一起到舅舅这儿来。去看看热闹的通天阁啊！"

龙夫默默站起来，走进自己的房间。拉开书桌的抽屉，取出关根送给他的小匣子。在英子的相片下方，折放着他和大森龟太郎之间交换的借据，龙夫再把今天春枝交给他的纸条放在借据的下方收藏起来，然后坐在椅子上，又一次久久看着英子的相片。

"今年可说是千载难逢的机会。会出来的，一定会出来的。"

银藏爷爷做完工作，拉着货车绕来龙夫的家，这么对他说道。

"真的吗？您怎么知道？"

龙夫顺势兴冲冲地问他。

"前一阵子，住在大泉的老朋友来我家时说，以往沿着河边飞舞的萤火虫，今年一只也不见踪影……"

"一只也没有？"

"嗯！所以才说是千载难逢。上一次也是如此。在这样的情形下，萤火虫才会成群地一次飞出来。不会错的。"

"什么时候会出来？"

"就在萤火虫交尾的时候。当萤火虫大限来临之前。"

银藏爷爷仔细观察傍晚时分蝙蝠漫天飞舞的天空，细声自语就是下个星期六吧。过完一个星期，大家就会一起开始插秧了。

"带着便当远足至大庙吧！若是下雨的话就取消。早来了或晚来了，就是这一天了，如果萤火虫不出来的话，也不会遗憾。"

千代用沁凉的井水打湿毛巾，再用力拧干放在脸盆中端过来。

"您总是这么有干劲。擦了汗抽支烟吧。"

银藏爷爷把切成两截的香烟塞进烟管里。

"今年是儿子的七周年忌……"

"啊，已经这么久了吗？"

丧偶的银藏爷爷目前和女儿、女婿一起过活。唯一的儿子源二本来是个木匠，从正在建造的房子屋顶摔下来死了。这么快已是七周年忌了吗？千代重新回想起死去的源二在当时已经订了婚，对方是砺波地方石匠的女儿。千代还记得那个女孩健康的肌肤上泛出的光彩与随时响起的歌声。源二曾经带着未婚妻前来拜访，告知两个人已经有了婚约。

那女孩唱过无数次砺波地方人们常唱的民谣，给龙夫还有附近的孩子们听，同时还笑着说这是熟人之间很正常的事情，女孩说这话的神情还残留在千代心中。然而，过了还不到十天，源二就骤然去世了。

"那个女孩现在不知如何？"

千代本想说或许已经结婚生子了，但忍住没说。千代想起源二摔下来时满头鲜血，银藏爷爷紧紧抱住独生爱子的尸体不放，自己也沾满一身血迹，像石头般一动也不动。

银藏爷爷又开口道出一桩他人不知的秘密。

"源二那小子让那女孩有了身孕……我也是在很久之后才知道的。我专程赶到砺波跪在地上向对方的双亲道歉。在我接到把孩子打掉的信函之后……"

龙夫骑着单车到英子家。"焉泽牙科"的招牌灯已经亮了，一楼诊疗室前坐着两三名患者。龙夫按下旁边厨房门口的电铃，屏息僵着身子等待着。一会儿，英子的母亲探出脸来。

"啊，是阿龙！什么事呢？"

英子的母亲初子也参加了重龙的葬礼，可是无暇说上话。因此，龙夫与初子也有好几年不曾说过话了。

"英子在家，进来吧。不要站在那儿呀……以前你还不是把这儿当成自己的家随意进出，怎么现在反而生分了呢？"

英子从楼上走下来，嗤嗤地笑着招呼：

"阿龙，上来吧。"

现在的英子，和平日在学校里看见的大不相同，散发出小学时期那种亲昵的气息。

可是，龙夫依然站在厨房门口，告诉英子哪一天去观赏萤火虫。初子似乎反对女儿前去，英子不满地推推母亲的背部。

"要到那么晚……虽说还有银藏先生一起去，但他也上了年纪了……"

"我妈妈也会一起去。"

龙夫迫不得已只好撒谎。初子凝视着女儿的脸庞，终于松口答应。

"这样的话，既然女儿把观赏萤火虫看得比入学考试更重要……要是千代也一起去，我就不用担心了，何况你又这么诚意邀请……"

初子口中还对女儿叮念着不要太晚回来。

"那么壮观的景象，我也很想去看看，可是诊所的护士突然辞职不干，我实在是忙得分身乏术啊！"

说完又皱着眉头走向厨房。

"祈祷不要下雨吧！"

英子小声地说。此时的英子看起来非常早熟。她罕见地主动和龙夫聊起话来。当龙夫正想回去时，英子突然说：

"关根是个小偷。"

英子说完后斜视着龙夫，连耳根都红了起来。

龙夫也红着脸回答：

"相片还你吧。"

"那种友情，听都没听说过。"

说完这句话后，英子便一直低着头，没再抬起脸庞来。

龙夫并没有直接回家，而是骑着单车在路上左右蛇行闲荡着。

"是不是用了妈妈做幌子去约英子？"

千代的笑容中带着几许暧昧。自从重龙去世后，龙夫还是第一次看见母亲露出笑脸。

"哪有，我才没有用妈妈做幌子，我是真心想要妈妈跟我们一起去。"

"算了吧！妈妈哪有可能专程和你们去呢？真是天真得可以……"

"为什么……?"

"妈妈有好多事要做呢！不回信给你喜三郎舅舅也不行啊！"

"妈妈，我们要搬去大阪吗?"

在这之前，龙夫已经问过好几次了，但是，千代总是避不回答。她一想起今后要如何安排母子俩的生活便烦恼不已。

到六月底止，这栋位于丰川町的房子就必须让渡给债主。母子俩的栖身之处虽不成问题，但是，若顺从喜三郎的建议搬去大阪，确实可以省下多花的房租。

自从那一次见面之后，喜三郎已经寄来第二封催促的信函。喜三郎似乎是真心的，这对千代来说并不是坏消息。千代深知事实确如喜三郎所说的，做一个厨娘的收入相当有限。就算是被喜三郎利用，或许还胜于在报社的员工餐厅当个厨娘，总比精打细算地过日子要好得多。然而，要前去投靠打心底无法信任的哥哥，加上要离开这块熟悉的土地，总令千代难以下定决心。

"搬去大阪的事，龙夫有何想法呢?"

千代询问儿子的意见。

"妈妈想去的话，我是无所谓。"

"真要是搬去的话也没关系?"

"嗯……"

实情绝非如此。千代非常明白龙夫的心情。千代知道除非龙夫再大一点，他是绝不愿离开这个出生成长的故乡的。然而，龙夫就是龙夫，他早已预感到母子俩势必得搬到大阪去。自从喜三郎奉劝母子俩搬去大阪之后，不知为何缘故，他就深有这种感觉。尽管母子俩都不想搬去大阪，甚或任何地方。

向大森龟太郎借来的钱，光支付医院与葬礼的费用就用去了一半，其余的再支付其他必要的琐碎借贷后，早已一干二净。母子俩目前已面临明日举炊之难。

玄关处传来一阵声响，原来是英子与初子母女俩。

"来早了点，我带我女儿来了。"

初子大声说道，接着又笑着说：

"幸好今天天气很好。"

今天天空确实很难得地显露出蔚蓝无云的景象。

英子把手腕背在身后，害羞似的躲在母亲背后，今天的英子身穿一袭印满黄色小花的洋装，衬得原本就十分白皙的肌肤更加美丽。而这股女人味，深藏着自己远不能体会的某种风情，龙夫光看一眼便感到非常畏怯。

"今天，中午就在忙着做便当呢！"

初子吃力地提起水壶与叠层餐盒。

"这次的邀请真的是太过仓促，像我只准备了饭团而已……"

"别这么说，还麻烦你们带我们这个大小姐去呢，当然我们要准备吃的东西……唉！'吾家有女初长成'，做母亲的不免会变得较神经质一些，一想起夜里这么晚还是会担心的。听说银藏先生和你都一起去，我就安心了。"

千代向上翻翻眼珠看着龙夫，随之笑着对初子说：

"我不曾看过那么多的萤火虫，心想着无论如何一定要去看一次到底是何等壮观的场面。所以说，今天反而是我最积极了。"

坐在玄关楼梯口处的初子应声回答：

"萤火虫愈来愈少了呢，以前这一带总可以看见好多只飞来飞去的。这都是拜农药之赐哟。"

初子说完后便站起身来，对三人说要带很多萤火虫回来做礼物后便回去了。就像轮番登场般，初子后脚才迈出，身穿着簇新、浆得笔挺的半缠 ① 装束的银藏爷爷便翩然到来。银藏爷爷看着英子，笑容满面地说：

"哇！真不得了，已经出落成一个美人样了，真令爷爷吃惊。"

接着又说："在爷爷印象中，英子总是穿着一条短裙到处乱跑呢。"

由于银藏爷爷和蔼的口吻，英子终于开口说话："爷爷总是穿着半缠……出门也是那么一件半缠。"

"哎，今天爷爷身上穿的半缠可是特别高级的户外服哦！"

---

① 一种日本外衣，类似"羽织"，但没有翻领。

银藏爷爷看着换好衣服从玄关走出来的千代便问：

"哦，千代也要去吗？"

"不去都不行呢！"

龙夫总觉得眼前的母亲似乎有点雀跃不已的样子。

银藏爷爷指一指腰间所系的大水壶说：

"这里面是酒。另外我也带了手电筒，还有可以坐在草地上的塑胶布。"

银藏爷爷携来的物品与英子带来的水壶、便当，再加上千代做的饭团，全部加起来相当可观。龙夫将行李绑在单车的后座上，吃力地推着车。四个人沿着还很明亮的河边道路往南方上游走去。此时的鼬川和平日看起来大不相同，极目望去，尽是一片辉煌锦绣的景象。

一座座木桥以一定的间距坐落着，愈接近上游源头，河川愈渐呈现小幅曲折的景致，同时深度也慢慢加深。平日见惯的风景不知不觉中抛在后头了，眼前的景致由陌生的街景很快地转变为闲静的乡村风情。

"还没到滑川之前，先到常愿寺川，这条河比神通川稍微小一点，不过同样也是注入富山湾的哦！常愿寺川的上游源自于立山，而鼬川就是常愿寺川的支流，因此，春夏之间，鼬川河水中常夹带大量立山雪融后的雪水。"

三人似乎早有约定般，很有默契地皆不说话，只剩银藏爷爷独自一人喋喋不休，但不久之后也沉默了起来。在四人缓步前进之际，太阳渐渐西斜了。

只见一只老鹰自四人一旁俯冲而下，横过开始泛起微红的河面，攫起一条小鱼而去。

穿过大泉中部地区，河川与富山地区立山线的铁道交叉后，变得更狭隘深峻。眼前所见的田园比起之前的更为辽阔。忙着春耕的农家正开始收拾行具，一一从灌满水的水田中归去。

龙夫看着眼前酷似泥沼的水田，脑海中突然浮起父亲说的话。业已丧失语言能力的重龙，曾经很吃力地对龙夫嗫嚅着说：

"好了……"

龙夫心想，那句话或许不是告诉他"回去"，而是告诉他萤火虫出现的时期。植稻之前正是萤火虫出现的时期。父亲想说的或许是"稻子"①这个字吧！龙夫回想起当时父亲哭泣的脸孔，以及向自己猛扑过来的恐怖举动。到底那是不是真的意味着"稻子"，龙夫自己也无法确定。

"有一点累了……"

千代说出这句话后，大伙儿都停下了脚步。四个人走着走着，早已拉开一段相当的距离。龙夫始终推着单车，小腹两侧早已受不了了。银藏爷爷说着"吸一支烟吧"，便在路旁的石头上坐下来。

"我已经很多年不曾走过这么多的路，这个世界上，再

———————

① 日文中"稻"的发音和"好了"接近。

也没有什么事能让我走这么多的路了。"

银藏爷爷脸上被阳光晒得黝黑的皱纹，好像每当脸部表情改变时，就会随之发出声音。

"大伙儿说点话嘛。我可是有萤火虫不出来就走上一整晚的觉悟哦。"

"我也陪银藏爷爷一起走。"

英子在旁附和着。

"大家说话啊！这样子好像去参加葬礼似的。"

银藏爷爷再也耐不住性子嚷着。四个人同声大笑起来，惹得走在田边小径上正要回家的农夫们同时回过头来看。

"我是累得说不出话来。"

千代打心里嘟囔着。长期以来压抑的疲倦，似乎借着这次的步行，一举从体内深处释放了出来。

"萤火虫真的会出来吗？"

千代看着兴致勃勃向银藏发问的英子业已发育成熟为女人的胸部、腰部，感觉似乎嗅到了某种慑人的气息，便将目光转开。

听到银藏爷爷说"再步行一会儿就进入小森林"，四个人又站起身来，并且决定要在小森林中进餐。

银藏爷爷用手指指夕阳：

"哦……太阳下山了。"

夕阳一口气便落入地平线下。金黄色的光源与暗雪层次分明地缓缓相互偎近，糅合出壮观的火红，刹那之间，炸裂成点点火焰，散布在广袤无垠的苍穹，展现出余烬般的火红，一种物质濒临灭亡前疯狂地迸发最美一面的火红。

英子又问银藏爷爷：

"萤火虫真的会出来吗？"

"我的直觉不会错的。今天一定是它们一生一次的大日子。"

在这之后又走了一段相当长的路程。正如银藏爷爷说的，鼬川逐渐弯向左边，穿越一片繁茂的树林。从这儿眺望前方，路愈来愈窄，连推着单车步行的空间都没有，龙夫便把车子搁在了那儿。

太阳下山后，晚风骤然冷了起来，树林中更是一片漆黑。在草丛上铺好塑胶布后，四个人坐下来，伸出腿休息一下。银藏爷爷把手电筒挂在枝丫上，虫鸣声、溪流声宛如地鸣，渐次高亢。远方民家的灯火点点分布在水田中，仔细看，就有点像低地上在发光。道路渐渐上升到不知名的地方。河边道路则由低地向河堤延伸。茂密的草丛把小路都包围覆盖起来。

英子问：

"已经走到哪儿了？"

"过了大泉后，又走了好一阵子……"

银藏爷爷在身上不停地摸索，不知在找什么东西。

"糟糕！忘了带表来。"

英子、千代也都没带表，龙夫当然更不用说。

"刚才走过的路，回去时还得把它走完，不早一点回头的话……"

千代说道。千代认为自己有责任将英子好好送回家。但是就算现在启程往回走，将英子送回家一定也超过九点了。

"没关系！晚一点没关系……还没走到萤火虫诞生的地方呢！"

英子不满似的捏着束在头顶上的一绺头发。

"不是诞生的地方，而是它们从四方麇集、在那儿交尾的地方。"

银藏爷爷的身上散发出甜酒的味道。

"再走个一千步吧！"

不曾开口的龙夫说道。

"万一萤火虫在第一千五百步才出来怎么办？"

英子可怜兮兮地抗议，大伙儿听了都笑了起来。

"好吧！就走一千五百步吧！若是还看不到萤火虫就放弃，就这么决定了。"

此时，头上传来猫头鹰的叫声。千代心中在这一瞬间浮起一个想法。在这渺无人烟的夜路上再走一千五百步，若是萤火虫不出来就启程回家，同时自己也就留在富山当个厨娘，抚育龙夫长大成人；若是遇到大群的萤火虫，就依喜三郎所言，母子俩搬到大阪吧！

千代站起身来，膝盖微微发抖。对千代来说，她很想看一次绚烂的群萤乱舞。千代将未来的命运孤注一掷，赌在是否能一睹今生难得一见的萤火虫盛会上。

猫头鹰又开始号叫。四个人刚起身前行，虫鸣就停下来，万籁俱寂的山头素月高照。虫鸣之声过了一会儿才再度从地底下响起。

往上坡的路上，布满稻田中的水在眼前远远地反射出月光。溪流声听来遥远，除了手电筒所投射的地方以及民家的灯光，什么都看不见。

从左方微微传来溪流的响声，四人循着声音同时顺着路弯至左边。这条路弯弯曲曲的，在看到眼下月华辉照的河面那一瞬间，四个人都说不出话来，当场愣在那儿。还走不到五百步。便看见数万、数十万计的萤火虫安静地在川边飞舞，和四个人心中早先描绘好的华丽景观都截然不同。

一大群的萤火虫就像是瀑布下方舞弄寂寞的微生物尸体一般，孕育着难以估量的沉默与死臭，一边向天空一遍又一遍地晕染出或浓或淡的光华，一边又如同冰冷的粉状焰火那般飞舞着。

四人始终站着不动，好长一段时间一直保持着这个姿势。

良久之后，银藏爷爷平静地低语：

"什么样的生物啊！真是大开眼界……"

"真的是……太壮观了！"

千代不知不觉中说出这句话，接着又强调"果然不是骗人的"，在草地上坐下来。被夜露沾湿已不算什么了，千代打心底只想着这不是骗人的。将魂魄寄放在无限悲哀、绽放着瞬间苍白光华的光块上，令千代深刻地体会到往日诸事全都不是骗人的，那个时候一切的一切都不是骗人的。千代蜷曲着身子将下巴搁在膝盖上，觉得身体愈来愈冷。

"出来了……"

英子凑在龙夫耳边悄声低语，身上的气息一点点沁入龙夫体内。

"它们正在交配……为了孕生新的萤火虫。"

银藏爷爷不经心地喘着气，说话的腔调听起来似乎有些精神恍惚。

"要不要下去？"

龙夫问。

"不要。"

英子拽住龙夫的皮带，使劲拉住他：

"在这儿看就可以了。"

"为什么？"

英子并没有回答这个问题，只是更用力地拽住龙夫的皮带。龙夫自顾自地朝川边走下去。

"阿龙，不要，拜托不要去。"

尽管口中念了好几遍，英子还是跟着龙夫走下去。逼近一看，萤火虫汇集成数条波浪，缓缓起伏摆动着。本以为萤火虫是颤动着发出光亮，不意看见的却是筋疲力尽、逐渐萎缩的景象。数万、数十万计的萤火虫交叠着身躯，不休不止地一闪一灭，正创造着苦闷寂寞的生命光块。

龙夫与英子所在之处正是川边洼地的底层，夜露将两个人膝盖以下部分都浸湿了。

龙夫回头仰视河堤。除了一片漆黑，什么都看不见，连月亮都被树木遮蔽住。银藏爷爷与千代应当就坐在上头的草丛中，可是龙夫从下面完全看不见，就连身边英子的脸庞也显得朦朦胧胧的。英子依然紧紧拽住龙夫的皮带不放。龙夫很想对英子说说话，可是又找不出什么话来说。而他闻到了自英子发热的身躯上传出的气味。

这个时候，一阵强风吹过，撼动了树丛，也将沉落在川边的萤火虫袭卷起来，麇集的光如浪花四溅落在两个人身上。

英子发出悲鸣，不断扭曲着身躯。

"阿龙，不要看……"

英子轻轻哭了起来，用两只手抓住裙子下摆，啪嗒啪嗒地挥扇萤火虫。

"到那一边去……"

然而，数量惊人的光粒仍缠着英子不放，有些还从胸前、裙子下摆钻进去。白生生的胴体发出亮光，朦胧地浮现出来。龙夫屏息看着眼前的英子。

一大群的萤火虫扎扎群聚过来。龙夫已分不清那是萤火虫的声音还是溪流的声音。数万、数十万计的萤火虫不知从什么地方云集过来，让龙夫产生一种错觉，仿佛它们是不断从英子体内产生出来的。

萤火虫顺着风势，飘流至银藏爷爷与千代的身旁。

"啊！真想就这样睡着……"

银藏爷爷躺在草丛上嘟囔着。

"一切都结束了吧！……"

千代确实升起凡事都已经结束的感觉。她听见了拨弄三弦琴的声音。倾耳一听，像是远方的村庄传来盂兰盆会的歌声，可是现在还不到那个季节啊。千代塞住耳朵不去听，但是，三弦琴的响声萦绕不去，像风又像梦一般，微微拨动的弦声总是在千代内心一隅不断响起。

千代蹒跚地站起身来，走过草丛。此时早已过了应该踏上归途的时间。千代抓住枝丫探出身子，向河边极目望去，喉头不由发出一阵悲鸣。风已停息，洼地的底层也再度恢复寂静，只见妖异的萤光交织出一只人的形影。